農協月へ行く

筒井康隆

角川文庫
20472

目次

農協月へ行く

1

豪勢なフランス・ドラキュロワ社製のダブル・ベッドから錦紗《きんしゃ》のカーペットを敷きつめた床におり立ち、結城紬《ゆうきつむぎ》のガウンを着ながら金造《きんぞう》はぼそりとつぶやいた。

「さあて、今朝は西の畑行《い》て、豆播《ま》いて来《こ》うか」

四十八歳になる妻の篠《しの》はまだベッドの中、陽焼けした皺《しわ》だらけの顔に黒い空洞《くうどう》のような口をぽっかりあけ、ぐっすり眠っている。

暖房はしてあるのだが、六坪は充分ある寝室なので少しうすら寒い。金造はくしゃみをし、部屋の隅《すみ》の銀の痰壺《たんつぼ》めがけて勢いよく手洟《てばな》をかむと、大きなチークのドアをあけて隣室に入った。

隣室は二十畳分ほどある洋間で、天井からは豪華なシャンデリアがさがり、部屋の中央には革の応接セットが置かれていて、他にもステレオやピアノや何やかや、当然あるべき家具調度にはこと欠かないのだが、やはりなにぶん部屋が広すぎて寒ざむしい感じがする。部屋の隅ではカーペットの上に畳を二枚並べ、櫓炬燵《やぐらごたつ》に入って背を丸めた八十歳の母親が繕《つくろ》いものをしていた。

「起きたんけ」と、彼女はいった。「野良行くんけ」

「ふん。西の畑行て、豆播いて来る」

眼鏡の上縁越しにうわ眼遣いで息子を眺《なが》め、母親が訊《たず》ねた。「何か食て行くけ」

「そやな。大根の味噌汁《みそしる》食て行こけ」

裁縫箱の針山に針を立て、綿入れを着た背を丸めたまま、どっこいしょと彼女は立ちあがった。「待っとりや。今、作ってきたるさけ」

「すまんの」

母親が去ると、金造は部屋の片側の壁に嵌込《はめこ》まれた本棚《ほんだな》に近づき、ガラス戸を開いた。棚の二段めにはまだ一度も読まれたことのないエンサイクロペディア・ブリタニカが背の金文字を光らせ、ずらりと並んでいる。金造が右端の一冊を数センチ手前に引くと、ぎいと音がして本棚が裏返しになり、農具のずらりと並んだケースがあらわれた。さまざまな大きさと長さの鍬《くわ》が六挺《ちょう》、鋤《すき》が五挺、鎌が八挺といった具合に揃《そろ》っていて、いずれの柄の先端にも装飾模様と「金」の字を彫りこんだ純金の握りがついている。

鍬の一挺を肩にかついで金造がダイニング・キチンへ入っていくと、ガス・レンジに火がつかず、母親が悪戦苦闘をしていた。

「こらあかん。かんてきでやるさけ、ちょと待ちや」

「ゆんべ街道の方で騒いどったが、あらなんや」デンマーク製の食卓に向かい、金のライターで鉈豆煙管《なたまめぎせる》に火をつけながら金造が訊ねた。「警察の車も出とったみたいやが」

「あら救急車や」母親が答えた。「稲山《いなやま》の源三《げんぞう》はんが、上西《うえにし》の分家のお節《せつ》つぁんとこへさして夜這《よば》いかけよっての。ほいで窓の出っぱりから落ちよったんやと」

金造は城塞《じょうさい》のような上西家の建物の、外壁やバルコニーを思い浮かべた。「あの家の出っぱりはたしか三階やったな。ほたら、三階から落ちよったんけ」

「三階から落ちよったんや」母親はうなずいた。「錦鯉《にしきごい》飼うてる泉水へ落ちたさけ、たいした怪我《けが》はなかったそうなが」

「源三は、丸ぽちゃの女子《おなご》が好きやさけのう」

「あら、色気違いじゃ」

「よう。金造よ。ゆんべはえらい目に会《お》うてのう」父親の大造《だいぞう》が充血した眼をこすりながら部屋に入ってきた。「おすみ。わいにも味噌汁くれるけ」

「へえ」

「農協の、小田《おだ》の禿茶瓶《はげちゃびん》と一緒に北の新地のクラブへ行てのう」大造が喋《しゃべ》りはじめた。

「えらい騒いでもた」

どうやら外出着のままで寝てしまったらしく、八十三歳の大造は、グリーンのアロハの衿《えり》もとをぴったりあわせてオレンジ色をした花柄のネクタイをしめ、薄紫色に黄色い縞《しま》の入ったブレザー・コートを着ていた。ズボンは赤と青と黒のだんだら縞《じま》である。

「北の新地は高価《たか》かったやろ」

金造の問いに大造は大きくうなずいた。

「二時間ほど騒いどったんやが、百二十万円とられた」彼は五分刈りの胡麻塩頭《ごましおあたま》をぼりぼり掻《か》いた。「あら小田の禿《はげ》が女子衆《おなごし》に接触《てんご》しすぎよっての、あれが不可《いか》なんだんじゃ。

ほいで今度はもっと安いバーへ行てのう、そこの女子《おなご》四人つれ出したら、その女子らに三時頃《ごろ》まであっちゃこっちゃひっぱりまわされて、ゴーゴー踊らされての、おかげてわいのお金もゴーゴーよ」

「ゆんべはなんの騒ぎやったん」大あくびをしながら、ピンクのネグリジェを着た篠が起きてきて、指に二・二カラットのダイヤの指輪をはめたまま大根をきざみはじめた。

「稲山の源三はんが」と、おすみが嫁に説明しはじめた。「上西の分家のお節つぁんとこへさして夜這いかけよっての」

「源三は、丸ぽちゃの女子が好きやさけのう」と、大造がいった。

「あら、色気違いじゃ」

「農協の小田とは、なんの話やったんじゃ」

「来月、どこへ旅行しよかいう話での」大造は息子に答えた。「鷺山《さぎやま》の連中が先月六百万円の世界一周やりよってのう、えらい評判になっとるんじゃ。こっちかて負けてられへんさけのう」

金造が鼻を膨《ふく》らませた。「ほたらこっちゃ、負けんように八百万円の世界一周を」

大造はかぶりを振った。「いやいや。なんぼ金かけても、世界一周やったら鷺山の二番煎《せん》じやさけの、いっそのこと月行てこましたろか言うとるんじゃ」

「ははあ、月。月いうたらあれけ、あの、夜出るあの月け。あんなとこ行けんのけ」

「日本かてもう先《せん》から行とるらしい。この間からぼつぼつ、一般の観光客まで乗せよるちゅうわ。もっともまだ団体割引はしてないらしいがの」

「その、乗せるちゅうのは、何に乗せるんや。もしかしたらロケットちゅうやつと違うけ」

「そらお前、ロケットじゃがな」

「ロケットちゅうたらやっぱりあれけ、あの、尻《しり》に火いつけて花火みたいにどかーん打ちあげるやつけ。あんなもんに乗って、もしかしたら命に別状あるん違うけ」

「あるそうな」と、大造は答えた。「そやさけ、行きしなには命に別状あっても文句言わしまへんちゅう念書一筆書いて出さなあかんそや」

「わては行かしまへんで」白髪頭を強く横に振りながら、おすみ婆さんがいった。「人間が月へ行くなど気ちがい沙汰《ざた》じゃ。南無阿弥陀仏《なむあみだぶつ》、南無阿弥陀仏」

「うちは行く」臍《へそ》のあたりまで垂らした真珠のネックレスを揺らし、篠がふり返ってそういった。「分家の嫁がアフリカ行てきとるんや。うちは月ぐらい行かなあかん」

「罰あたりな。なんちゅう世の中になったもんじゃろ」おすみがぶつぶつとつぶやいた。

「ほたら、わいとこは三人か」

「ひとり頭、なんぼぐらいするんや」金造が金壺眼《かなつぼまなこ》を父親に向けた。「また、えろう取りよるん違うけ」

「ひとり頭六千万円やそうな」

金造は無表情な顔を天井に向けた。「おととい半造が来よってのう、モーテルが赤字やよって、今度はマンション建てたいうとるんや」

「土足で月を踏みつけるなど、そんなことしたら仏さんの罰があたるわ」ぶつぶつ言い続けながら、おすみは夫と息子の前に味噌汁の入った金の椀《わん》と金の箸《はし》を置いた。「南無阿弥陀仏、南無阿弥陀仏」

「あんた、うちにお召買《めしこ》うてくれなあかんで」篠がべったりと赤く塗った唇《くちびる》を歪《ゆが》め、金造をうわ眼遣いに眺めた。これは彼女の得意の表情のひとつである。はじめてこれをやられると、睨《にら》みつけられていると思って誰《だれ》しも驚くのだが、じつは愛想笑いなのである。

「新田のお米はんでさえ三百万円のお召着とんやさかい」

大造がくしゃみした。「ああ寒《さむ》。なんや、この部屋暖房しとらんのけ」

「してますがな」おすみが、使い方のわからぬまま戸棚がわりに使っている電子レンジから漬物《つけもの》を出し、茶漬《ちゃづけ》を食べはじめた。

「それにしてはえらい寒いがな」金造もくしゃみをした。「見い。顔が凍ってきよったぞ」

「あ、ほんまや。流しの水が凍りついとる」

「こらいかん。手足がしびれてきた」

「テーブルに霜がおりとるぞ」

「ははあ。これが開いたままや」篠が開きっぱなしになっていた強力冷凍庫のドアをあわてて閉めた。冷凍庫の中には、凍りついて取り出せなくなった野菜類がぎっしり詰っている。

「金造、ほたら金の方は頼むで」大造が立ちあがった。「風邪《かぜ》ひいたらしい。わしゃもう寝る」

金造も立ちあがり、鍬を肩にかついで洋間へ戻《もど》ろうとした。

おすみが呼びとめた。「金造、お前野良《のら》へ出て豆播くん違うんけ」

金造はのろのろと振り返り、あいかわらず無表情に母親の顔を眺めた。

「いや。豆はもう播かへん」やがて彼はそう答えた。「西の畑はヤマザキヤ不動産に売る」

2

継電器が地球時間にあわせて刻んでいるかすかな音を聞きながら、浜口《はまぐち》は加速椅子《いす》の凭《もた》れに背をのばした。眼は正面上部に並んでいる七列三段二十一面のスクリーンに映る画像と数字に向けたままである。地球まであと六時間半。毎度のことながら神経がずたずたになるほど気を使う観光用宇宙船操縦士としての四度めの旅も、やっと終ろうとしていた。

すぐ背後にある客席との境の防護扉《とびら》を開いてスチュワデスの規子《のりこ》が顔を出した。色の白い丸ぽちゃの娘で、一見女子大生風だが実は工学博士で、副操縦士の免状も持っている。

「マーク二十二、確認」

「よし。空気はどうだ」

「少し濁ったけど、まだ大丈夫よ」

「うす馬鹿《ばか》の客野郎どもはみんなおとなしくしているか」浜口は唇を歪《ゆが》めてそう訊ねた。

「熊《くま》が少し頭痛を訴えてるわ」規子も唇を歪めてそう答えた。コンビを組んで仕事をしていると、どうしても互いの表情が似てくる。

「熊っていうのは、月面で広場恐怖《アゴラフォビー》になったやつだな。あいつ、世話焼かせやがって。宇宙服破ろうとしやがった。低能めが」

「それから旅婆《たびばば》が、客席の設備に何やかやと難癖つけてるわ」

「旅婆」と聞いて浜口は顔をしかめた。旅行雑誌の編集長もしている旅行評論家の中年女で、今回の客の中ではいちばんの難物である。

「客席ったって、もともとは倉庫だ。設備がいいわけないだろ」浜口は自嘲《じちょう》的に笑った。

「観光用宇宙船なんて、名だけだ。基地建設資材を運ぶ運搬用の宇宙船をアメリカから払い下げてもらって、客席をつけただけなんだものな。こんな宇宙船に平気で観光客を乗っけて飛ばしているのは日本だけだぞ。アメリカだってまだ、正式には月面に観光客をつれて行ったりはしていない」

「しかたないわよ。観光客をつれて行くと言わないことには日本の航空宇宙局が発足できなかったんだもの」

「大衆くそくらえ」浜口はわめきちらした。「いつもそれだ。宇宙旅行がどんなきびしいものかよく知りもしないで、つれて行け、つれて行けと騒ぎ立てやがって。無理してつれて行ってやると今度は設備が悪いとかサービスが悪いとか文句ばかりぬかしやがって。月面を設備のととのった観光地だと思ってやがる。底抜けの馬鹿どもめ」

「だいぶ疲れてるみたいね」

「がたがただ」浜口は規子の胸に後頭部を押しあてた。

規子は浜口の頭をかかえ、彼の額を叩《たた》きながらいった。「今度帰ったら、少し休養するといいわ」

「休暇をくれるとありがたいんだが、そうもいくまい。月面がどんなところかよく知りもしないで、あいつが行ったんだからおれも行くという阿呆《あほう》のうすら馬鹿のレジャー気ちがいどもがいっぱいいるんだ」

副操縦席の前のコントロール・パネルに赤いランプがつき、点滅した。

「熊が呼んでるわ」客席監視用のスクリーンを睨み、規子は舌打ちした。「行ってくるわね」

「薬をやって、眠らせちまえ」

規子が出て行き、浜口は加速椅子のベルトを締めなおした。そろそろ大気圏突入の時刻だった。

「まあ綺麗《きれい》。すてきじゃないの、操縦室って」

防護扉を勝手に開けて入ってきたひとりの中年女が、宇宙船の周囲の星空を映し出しているスクリーンの列や、ちかちかとまたたく色とりどりのパイロット・ランプ、数字や針に蛍光《けいこう》塗料を塗った数十の計器を眺めまわして大きく感嘆の声をはりあげた。あ、規子のやつ、扉のロックを忘れたな、そう思いながら中年女を睨みつけ、浜口は顔を歪めた。旅婆だった。

「入ってきちゃいけません」知らず知らず大声が出た。「操縦室は立入り禁止です。そう言ったでしょう、何度も」

出て行く気はなさそうだった。

「こんな綺麗な部屋、乗客に見せないなんて、不親切ねえ」わざと浜口を無視し、そんなことをつぶやきながら眼鏡の奥の大きな眼球をさらに突き出して、天井にまで及ぶ計器類をじろじろと見まわした女流評論家は、最後に軌道修正用のコンピューター・ディスプレイ装置に眼をつけ、また嘆声をあげた。「まあ綺麗」手をのばした。

「さわっちゃいかん」浜口は悲鳴まじりの大声で彼女を怒鳴《どな》りつけた。

びくっ、として手をひっこめ、旅行評論家は浜口を睨みつけた。「なんて声出すの」

「それは軌道修正装置なんだ。さわっちゃいけない」

眼を見ひらき、彼女は怒鳴り返した。「それならおとなしく、そう言えばいいじゃないの。怒鳴らなくてもいいでしょ。なんです、失敬な」

「怒鳴らなければ、あなたはそれにさわっていた」

彼女は声を顫《ふる》わせ、うわずらせた。「ちょっと手を触れるぐらい、なんですか」

「今言ったでしょう。あなたがさわろうとしたのは軌道修正装置だ。ちょっと手を触れるだけでも、この宇宙船の軌道が大きく狂うんだ。地球へ戻れなくなるんですよ」

「ふん。なんですか。大袈裟《おおげさ》な」

辛抱強く、浜口は説明した。「いいですか。この宇宙船は、電車みたいにレールの上を走っているんじゃない。目印のない、だだっ広い宇宙をとんでいるんだ。宇宙では、あなたがそれにちょっと手を触れただけで生じる進行方向のごく僅《わず》かの狂いが宇宙船のコースを大きく変えてしまう。科学の初歩を知らなくても、それくらいのことはわかるでしょう。そいつをもと通りにしようとすれば、地上の管制官十人がコンピューター六台にかかりきりになって軌道計算をはじめからやりなおさなくちゃならん。しかも航行時間に十時間単位の遅れが出る。その間に燃料が不足する。酸素が不足する。どうなるかわかりますか。宇宙船は惰性でもってあさっての方向へどこまでもどんどんとんで行き、乗っている人間は全滅だ」一気に喋ってほっと溜息《ためいき》をつき、浜口は声を落した。「ここにあるのはどれもこれも乗員の生命にかかわる、そういった重要な機器ばかりなんです」

旅行評論家は浜口のいうことを、ひとことも聞いていなかった。ただ彼から怒鳴りつけられたことだけを恨み続け、彼への憎悪に燃え、どう彼に言い返してやろうかと、視線を浜口の顔のあたりにふらふらとさまよわせながらけんめいに思案し続けていた。

「ふん」浜口が喋り終ると、彼女はわざとらしくうす笑いを浮かべた。「もしこの宇宙船が地球へ戻れなかったら、それはあんたの操縦がへただからよ」そう言ってそっぽを向き、溜息をつきながら彼女は大声でひとりごちた。「乗務員の教育がなってないわね。客に対するマナーが滅茶苦茶だわ」

「出ていってくれ」浜口はまた叫んだ。「客としてのマナーを守ってくれ」

「ことばに気をつけなさい」火の噴き出そうな眼をして、彼女は浜口を睨み据《す》えた。「わたしを誰だと思ってるの。わたしは航空宇宙局の局長から直接、あらゆる便宜をはかるという約束をとりつけてるのよ。なによ、その態度は」

「しかたがない」浜口は加速椅子のベルトをはずしながらいった。「どうしても、つまみ出されたいらしいな」

顔色を変え、旅行評論家は一歩あと退《じさ》った。「や、やってごらんなさい。できるなら、やってごらんなさい」

狭い操縦室の中で彼女と取っ組みあいを演じるわけにはいかなかった。浜口は脅迫的な顔つきをして見せた。「あんたは操縦士の命令に従わない。他の客の生命と引き替えにはできないから、可哀想《かわいそう》だがあなたを宇宙船の外へ抛《ほう》り出す。これは操縦士としての任務だ」立ちあがった。

「な、な、なにを、あ、あなたは」中年女の頬《ほお》に怯《おび》えの痙攣《けいれん》が走った。

「まあっ。ここへ入っちゃいけません」開いたままの防護扉からとびこんできた規子が頓狂《とんきょう》な声をはりあげて評論家の両肩をつかみ、客席へつれ戻そうとした。

「わたしを脅迫したわ。ひ、ひともあろうにこのわたしを」唇をぶるぶる顫《ふる》わせ、中年女は規子に押し戻されながら浜口に指をつきつけた。「このことは、報告しますからね。局長に言いつけてやります。わたしはあんたを馘首《くび》にだってできるんだからね。ぜ、ぜったい馘首にしてもらってやるから」

規子が悲鳴をあげた。「やめてください。操縦士を興奮させないでください」

「願ってもないことだ。馘首にしてもらってくれ。できることならな」そう答えたとたん突然、浜口の頭に血が逆流した。船内に轟《とどろ》きわたるような大声で呪いのことば、罵倒《ばとう》のせりふ、汚い文句の数かずが洪水《こうずい》のように彼の口から迸《ほとばし》り出、その凄《すさ》まじさは規子でさえ耳を覆いたくなるほどだった。その豊かな表現内容には女流評論家の身体のある種の部分のたたずまいや、彼女の三代前の先祖についてのとびあがるような暴露が含まれていた。

気丈にも歯を食いしばって失神しそうになるのをこらえながら、旅行評論家は叫び返した。

「信じられないわ。こんな野蛮人が宇宙船の操縦をしているなんて。このことは書いてやるわ。これは問題にしますからね。問題にします」問題にします、問題にしますと叫び続けながら、彼女は規子によってようやく客席につれ戻されていった。

「まあ。可哀想に。可哀想に。ゲンちゃん。同情するわ。同情するわ」すぐ操縦室に引き返してきて、防護扉を内側からしっかりとロックした規子は、管制板に額を押しつけて泣きじゃくっている浜口に駆《か》け寄り、彼の背を撫《な》でさすった。「あなたがヒステリーを起すのも無理ないわ。あなた過労よ。休暇をもらいましょうね。わたしも今度こそ休暇をもらうわ。ふたりでどこかの海岸の静かなホテルへ行きましょう」

「おれはもう駄目《だめ》だ。ヒステリーでノイローゼなんだ。精神状態はもはや操縦士として最不適格だ、つまり失格だ。そうだろ」

「ええ。そうよ。そうよ」

客席から気ちがいじみたブザーの鳴らし方で規子を呼び続けている旅行評論家をほったらかしにし、彼女はいつまでも泣き叫ぶ浜口をなだめ続けた。

3

「なるほど。君の言いたいことはよくわかった」陰鬱《いんうつ》な表情で、デスクの上に両手をついた観光部長は、浜口のお喋りなかばでものうげにそういった。

「言いたいこと、ですと」部長の言いかたにふと疑念を抱き、浜口は傍らに立つ規子と、航空宇宙局所属の医者の顔をかわるがわる眺め、いささかあわててもう一度部長にくり返した。「あの、言いたいこと、ではなく、これは事実なんです。本当です。先生に聞いていただければわかる筈《はず》です」

部長は悲しげな表情のまま、無言で医者に眼を向け、発言をうながす仕草《しぐさ》をした。

「本当です」と、医者が事務的に喋りはじめた。「診察の結果を申しあげますと、ひとことで言えば過労による神経症ですな。特殊な環境に長時間置かれて緊張し続けたため抑鬱状態となり、現実への有効な行動能力をいささか失っています。それから客の生命を預っている責任感の重圧、その客がちっとも指示に従わないための不安と恐怖と欲求不満から、実在に伴う対象の把握が困難になり、現在の認識体験がやや不確実になっています」

「ふうん」部長は疑わしげに浜口の顔をじろじろ見つめ、やがて首を傾《かし》げた。「その、顔面神経痛みたいに頬をぴくぴく引き攣《つ》らせているのは何だね」

「これはチックです」医者が説明した。「対人関係、彼の場合は主として乗客との間が円滑でないためのフラストレーションから起る癖です」

「おわかりでしょう」と、浜口はいった。「こんな状態では重大な事故を起しかねません。宇宙船の操縦をするにはこの上ないぐらい最悪のコンディションです」

「本当に可哀想ですわ」規子もいった。「この上無理をすると、この次は必ず乗客とつかみあいの喧嘩《けんか》をします。休養させてあげてくださいな。どこかの海岸の静かなホテルで。もちろんそれには彼のことをよく心得ている附添い人が必要ですけど、それはあの、わたしが」

「わかった。わかった。わかった」部長は片手を額にあて、もう片方の手の指さきをひらひらさせた。「君たちの希望はすべて受け容《い》れる。休養させてやる。海岸のホテルへでもどこへでも行って勝手にふたりでいちゃついたらよかろう。ただし、あと一回だけ月面へ往復してからだ。あと一度だけだ。休養はそのあとだ。わかったかね」デスクをどんと平手で叩き、彼は立ちあがった。「さて議論は打ちきりだ」

「わかったか、ですって」浜口は口をぽかんと大きく開き、眼をうつろにした。「ちっともわかりませんよ」

「現実認識能力の低下です」と、医者が馴《な》れた口調で横から説明した。

「君の症状は」と部長がいった。「他のすべての操縦士にあてはまる症状で、その中では君の症状がもっとも軽い。しかも君の技術はお世辞をいうわけじゃないが、残念ながら現在でもなお観光部所属の操縦士中第一級なんだ。君以外に行ける人間はいない。どうしても、あと一度だけ行ってもらわにゃならんのだ。出発は明日の朝の九時三十分。わかったかね」

浜口はわあと叫んで椅子から床へころげ落ち、手足をばたばたさせた。「いやだ。いやだ。ぼくはもういやだ。どうしてそんなことをいうんです。どうしてこんな具合になる。教えてくれ。ねえ。教えて。教えて」

「幼児期への退行」と、医者が馴れた口調で説明した。

浜口は指さきで床にのの字を描いた。「喋ることばもだぢづでど」

「あのう」規子がおそるおそる部長に訊ねた。「乗客は何人ですか」

「十三人。つまり客席は満席となるわけだ」

浜口はうるんだ眼を天井に向けた。「秋の田の、刈穂のタニシの種おろし、だるまの足さえまっ黒けのけ」

「トワイライト・ステート、つまりヒステリー性の恍惚《こうこつ》状態です」と、医者が横から解説した。

「今度のお客はどんな人たちですか」おろおろ声で規子が訊ねた。「また気ちがいじみた人たち、あの、あの、たとえば女流評論家とか、衆議院議員とか、週刊誌の記者とか、テレビの人とか、それから、あの、あの」身顫《みぶる》いしながら彼女はいった。「まさか、SF作家といったような人種がいるんじゃないでしょうね」

「その点については安心しなさい。うん」部長はにっこり笑った。「みんな従順な人ばかりだから」

「あのう、どういった職業の人たちなんですの」

「お百姓さんたちだよ。つまりその、農協さんだ」

「の、農協」浜口はとびあがるように立ちあがり、直立不動の姿勢をとって口をあんぐりあけ、ぜいぜいと呼吸《いき》をはずませた。

「驚愕《きょうがく》反応。ヒステリー性失声症《アフォニャ》」と医者がいった。

「まあ。の、農協」規子が泣き出した。「ひどいわ。ひどいわ。非常識だわ。農協を宇宙船に乗せるなんて」

「失敬なことを言っちゃいかん」部長が怒鳴った。「客のより好みは許さん。いいか。

みんなお金持ちばかりで、知性のある人たちばかりだ」

　規子は泣きじゃくりながら反抗的にいった。「あのう、知性っておっしゃってるのはつまりあのインテリジェンス、あの、あの人間の知性の意味ですか」

「なんの知性だというんだ。失礼なことをいうな」そう叫んでから部長はやや声を柔らげた。「おことわりするわけにはいかんのだよ。わかるだろ。もし乗客の資格審査なんかはじめたら、週刊誌が、テレビが、ニュース・リーダーが、人権擁護委員会が、農協愛護連盟が、どんな難癖をつけてくるかわかったものじゃない。無知な大衆の暴力は恐ろしいのだ。観光部以外の、航空宇宙局本来の宇宙開発事業までが中断の憂き目を見る」部長は強く眼を閉じた。「わかってくれ。科学の発展のためです」

「ふふう、ふう、ふふふふふふう」浜口が眼を据えたまま静かに笑いはじめ、やがて踊りはじめた。「牧場は緑よ、お馬も緑。肉と骨との車井戸。えんやとっと、えんやとっと」

「舞踏性現実拒否反応」と、医者がいった。

　浜口はわめきながらあばれはじめた。「嘘《うそ》だ嘘だ。ここは地球ではない。これは今ではない。こんな部屋は知らん。おれが誰だか知らん。もう何もない。地獄だ。地獄だ」

4

「さあ皆さん。並んでください。並んでください」

　規子は声をはりあげ続けた。すでにその声もなかば枯れてしまっている。けんめいに笑顔を作ろうとするのだが、ややもすると頬がひくひく引き攣ってくる。「あっ、お爺《じい》さん、そっちへ行ってはいけません。お婆さん、こっちですよ。あっ、ここで手洟をかまないでください。さあ皆さん。この部屋が滅菌室です」

「ははあ、どこぞへ鍍金《めっき》するんけ」と、金造がいった。「かだらのどこぞへ」

　女たちが嬉《うれ》しそうにげらげら笑った。

「消毒をするのです。さあ皆さん。このロッカーに、着てらっしゃるものを全部脱いで入れてください」

「あれまあ。わて、せっかく今朝ホテルでお召、綺麗に着付けして貰《もろ》うたのに」篠が鼻を鳴らした。

　他にも和服を着た女が三人いて、ぶうぶう不服を唱えはじめた。

「あら。でも、そのお召物では、どっちみち月へは行けませんのよ」規子が辛抱強く説得した。

「宇宙服に着換えないと」

「このお召のまま月い行たら、どないぞ不都合おますけ」

「死んでしまいます。さあ、お爺さん、早くそのレイをとってください」

「姐《ねえ》ちゃん。わいはもう脱いだで」源三がいった。

　規子が源三を見て、ひっと悲鳴をあげ、眼をそむけた。源三はまる裸だった。彼の巨根が赤黒い亀頭《きとう》をてらてら光らせて勃起《ぼっき》していた。規子のどぎまぎするさまを源三は、うるんだ好色そうな眼で見つめながらにやにや笑っている。

　全員がはやし立てた。

「よう、源やん。みごとに立たしたのう」

「お前の息子が、この姐ちゃん好きや好きや言うとるやんけ」

「源三は、丸ぽちゃの女子が好きやさけえのう」

　負けん気を起して他の男たちも陰茎を露出させ、勃起させようと努めはじめた。射精してしまう男もいる。

「やめてください。やめてください」悲鳴をあげながら規子は叫んだ。「さっき言ったでしょう。あの、こ、ここで手洟をかまないで。皆さん、パンツは脱がないでください。脱がないで。そのまま滅菌しますから」

「わいはパンツと違う。褌《ふんどし》や」

　女たちがげらげら笑った。

「なあ姐ちゃん」大造が眼を細め、規子にすり寄った。「持ちもん全部、ここ置いてくんけ。わい、現金二千万円持っとるんやけど」

「えっ。どうしてまた、そんな大金を」規子が眉《まゆ》をひそめた。「月へ行くのに現金はいりません。ここへ置いていってください。保管は厳重ですから」

　篠がにやにや笑いながら傍から口を出した。「お姐ちゃん。そら金持ってること教えて、あんたを口説《くど》いとるんやがな」

「男性はこちら、女性はこちらのドアから入ってください」規子は声をはりあげた。

「あとは、中にいる滅菌担当官の指示にしたがってください」

男女別にわかれている滅菌室には、それぞれPH《ペーハー》七七のアルファ・クロロフィン溶液の入った浴槽《よくそう》があった。溶液はピンク色で、入浴に適した温度にあたためられている。

「ここへ入ってください」と、滅菌担当官の若い男がいった。

「ひええ。これはまあ、赤い風呂《ふろ》」金造が驚いて眼をしばたたいた。

「これがそうけ。これがそうけ」

「ははあ。これがそうけ」

男たちが、がやがや騒ぎながら広い浴槽に次つぎととびこんだ。

「あっ。そっと入ってください。あっ。あっ。入れ歯を洗わないで」担当官が悲鳴をあげた。

「あっ。顔を洗わないで。眼に入ったら失明しますよ。あっ。あっ。あっ。飲んではいけません。温泉じゃないんですから」

男たちが入浴している間中、担当官は大声と悲鳴をのべつまくなしにあげ続けた。

「さあ。もう出てください」

「まだ、この浪曲を歌い終っとらへん」大造がいった。「歌い終るまで出えへんど」

「お願いですから出てください」担当官は泣き出した。「ここは銭湯じゃないんだ」

滅菌室に続く医務室で、一同はウィルス感染予防用のガンマ・グロブリン注射をはじめとする、あらゆる免疫注射を受けた。両腕を穴だらけにされてしまうと、たいていの人間は腕があがらぬほどのしびれを訴えるのが普通だが、彼らは全員平気だった。

次いで一同は宇宙服装着室に入った。宇宙装備の整備員が数人がかりで、ひとりずつ順に着せはじめた。

「次。そのお婆さんのからだを計ってくれ。身長は」

「一メートル十二センチ」

「胴まわりは」

「一メートル二センチ」

「弱ったな。そんな宇宙服はないぞ」

「このポケットには何入っとるんや」

「精神安定剤です。あっ、今服《の》んじゃいけません。あっ。あっ。皆さんやたらにポケットの中のものを出さないでください。あとで説明しますから」

全員が、ヘルメットを除き完全な宇宙装備に身をかため、搭乗口前のロビーへぞろぞろと誘導されてきた。ここで規子が、一同に浜口を紹介した。

「皆さま。こちらが皆さまを月面におつれする浜口さんです。観光用宇宙船『ダイアナ号』の船長さんです」

「大穴号とはまた、感じ悪い名前やのう」

源三の野卑な冗談に、また全員が笑った。

大口をあけた百姓たちのほとんどがぎらぎら光らせている金歯を、浜口は睨《ね》めまわし、大きく咳《せき》ばらいをした。「浜口です。これから皆さんは宇宙船に乗って月へ行くのです。月。わかりますね。夜出るあの月です」

「昼間も出とるぞ」

「昼間も出ているあの月です。で、宇宙船を操縦するのは、このわたくしです」

「おい。おい」大造が息子の腰を小突いた。「あの操縦士、顔面神経痛やんけ」

「ああ。わいもさっきから、そない思うとったんや」金造が不安そうな声で答えた。

「新田の為吉《ためきち》おぼえとるか。あいつも顔面神経痛やった」

「うん。おぼえとる」

「一年前に気が違《ちご》うて、牛殺して首斬《き》り落して、その首抱いて警察行て踊りよった」

「うん、うん、おぼえとる」

「あの操縦士の運転するロケットに乗らなあかんのけ」

「仕様ないやんけ」

「皆さま。私語はつつしんでください。勝手に喋らないでください。船長さんのお話を、よく聞いてくださいね」規子が幼稚園の生徒に言うような調子でたしなめた。「とても大切なお話ですから」

「はい先生」規子にぴったりと身を寄せながら、源三がにやにや笑って答えた。

喋り続ける浜口の頬の痙攣《けいれん》が、ますますはげしくなった。「と、いうわけですから、ほんのちょいとした間違いが死につながるのです。どう思ってらっしゃるか知らんが、非常に危険な旅行なのです。すべて乗務員の指示にしたがってください。宇宙船の中にあるものや宇宙服を、勝手にいじりまわさないでください。特に月面へ出た時は、その時のことを考えるとぞっとするのですが、絶対に宇宙服をいじらないでください。もう一度言いますが月には空気がないのです。髪の毛がさか立ちます。立ち小便はできません。手洟もかめません。あっ、恐ろしい」急に興奮して、浜口は握りこぶしを振りあげ、大声でわめきはじめた。「絶対に何もするな。死んだようになってじっとしていろ。呼吸するな」あばれはじめた。「あっ。何もするな」

「誰か来てください」

駆けつけた宇宙港職員たちに、浜口は連れ去られた。

「船長さんの具合が悪くなりましたので、皆さましばらくお待ちください」引き攣った笑顔で規子がいった。「出発が少し遅れるかもしれません」

「なあ、金造よ」大造がささやいた。「月へ行くのは怖《こお》うないが、わしゃあの操縦士がこわい」

5

巨大な男が規子のからだにのしかかり、彼女を犯していた。規子はけんめいに抗《あらが》っていた。身もだえし、手足をつっぱった。彼女の胸部は男の毛むくじゃらの部厚い胸によって強く圧迫された。心臓が口からとび出しそうだった。身をよじり、呼吸《いき》をはずませた。拷問《ごうもん》はながく続いた。しかしそれは快楽を伴った拷問だった。そうだ、快楽を伴っている筈なのだ、と、彼女は思いこもうとした。だからそれを楽しまなければいけないのだ、楽しむことによって苦痛が柔らぐ筈なのだと、そう思い続けた。

宇宙船が大気圏を脱出するまでのながい時間、いつも規子は加速椅子の上でそんな空想に身をゆだね、Gの責苦から少しでも逃れようとした。いつもなら、彼女を無理やり犯そうとしているのは浜口だったし、そこは静かな海岸のホテルの一室だった。もっとも、なぜ相手がまだ一度も肉体関係を持ったことのない浜口で、なぜ自分がわざわざホテルの一室まで彼についていきて犯されているのか、そこまでは彼女にはわからなかった。

しかし今は少し違っていた。浜口にかわって、数時間前に見せつけられたあの赤黒い亀頭がてらてら光る巨根の持ち主、「ダイアナ号」に乗り込むまでの間ずっと彼女につきまとって離れなかった、源三という男のにやけた顔が、彼女の強く閉じた瞼《まぶた》の裏に大きく迫っていた。

「何さ。野蛮人。いやよ。あんたなんか。消えて頂戴《ちょうだい》。消えてよ。この百姓」

規子は彼の出現を否定しようとした。だが源三は消えなかった。あの、浜口のそれとはおそらく比べものにはなるまいと思える巨大な陰茎を見た時の衝撃がまだ残っているからにすぎないと彼女は考え、自分を納得させようとした。

「そうよ。わたしのようなインテリが、いくら巨根の持ち主とはいえ、あんな土地成金の中年の百姓如《ごと》きに、犯されたいなんて思う筈がないわ」

重圧と、自分の空想内容の一部にさからい続けているうち、からだがすっと楽になった。

規子は眼を開き、副操縦席の加速椅子の上で身を起し、客席が映っているスクリーンを眺めた。操縦席の浜口も、彼女と同じスクリーンを見つめていた。

「異常はなさそうね」規子は浜口に笑いかけた。

浜口はむっつりと黙りこんでいた。操縦席について以来、彼はまだ規子にひとことも無駄口《むだぐち》をたたいてはいなかった。あきらかに、いつもとは違っていた。可哀想に、こちこちに緊張しているんだわ、と、規子は思った。

彼女は立ちあがった。「安心させてくるわね。お百姓さんたちを」

「よう姐ちゃん。待ってました」客室に入ってきた規子を見て源三が喜び、大声を出した。

腹の中で毒づきながらも規子は笑顔でいった。「皆さま。本船はただいま無事に地球の重力圏を脱出いたしました。加速椅子のベルトをゆるめておくつろぎください」

「なんや。もう、すんだんけ」

「たいしたことあらへんがな」

「胸がへしゃげるやとか、心臓が口からとび出すやとか、大袈裟なこと吐《ぬ》かして」

篠が大声でいった。「そや。これやったらうちのおっさんに上へ乗られてる方がしんどいぐらいや」

規子は顔を赤くした。全員が笑い、客席は陽気になった。怖がっている者はひとりもいなかった。まったく怖がらない客を扱うのは規子ははじめてだった。

「さあ。酒でも飲もか」

「姐ちゃん。酒ないけ」

規子は眼を丸くした。「お酒なんかありません」

「なんや。タバコはいかん、酒もない、芸者もおらん、ほたら、どないするねん」

「サービス悪いで」

男たちが騒ぎはじめた。

「そんなら姐ちゃん。あんたそこでストリップやれ」

「皆さま、皆さま、これは宇宙船です。地球と同じようなわけにはまいりません」規子はけんめいに彼らを宥《なだ》めた。

「そんなら窓の外見してくれ。今どこいら辺飛んどるんや」

「窓はございません」規子の声が次第におろおろしはじめた。もともと貨物用宇宙船だったから窓がないのである。

「どないせえちゅうんや」女たちまで不平を洩《も》らしはじめた。

「姐ちゃん。マイクないか。マイク。順番に歌うたおうやないか」

「観光バスじゃないんです。マイクなんかありません」規子は泣き出した。「お願いですから、そんなに騒がないでください」

誰かが手洟をかんだらしく、船内をふわふわと漂ってきた洟が規子の額にべったりと貼《は》りついた。

「あっ。手洟をかまないでください。船内は無重力状態ですから」

「おい。おもろいど。おもろいど」源三が頓狂な声を出した。「靴《くつ》ぬいでみい。かだらが浮くど」

磁力靴をぬいだ源三がベルトをはずして椅子を蹴《け》り、ふわりと天井にまいあがった。

「あっ。靴をぬがないで。あっ。あっ。そんなにはげしく天井にぶつからないでください。操縦に支障をきたします。船が壊れます。船のコースが狂います」

規子の悲鳴まじりの制止もきかず、一同がわれもわれもと靴を脱ぎ、とびあがって船内をとびまわりはじめた。

規子はしゃくりあげながら操縦室に戻り、管制板にわっと泣き伏した。「もういや。もういや。もういや」

じっとスクリーンを睨んでいた浜口が、突然拳銃《けんじゅう》を握りしめて立ちあがった。

規子は驚いて彼の腕にとりすがった。「あっ。落ちついて。どうする気なの」

「心配するな」激しい頰の痙攣を片手で押えながら、浜口は押し殺した声で答えた。「ちょっと脅してくるだけだ」

客室に入ってきて仁王立《におうだ》ちになり、大声で叫びはじめた浜口の罵倒《ばとう》の文句はあまりにも高級すぎたため乗客たちにはよく通じなかった。それでも彼が怒っていることだけは、大造にはわかった。

大造がいった。「おい。みんな。さからうな。さかろうたらあかん。相手は気ちがいや。席い戻れ」

全員が席に戻ろうとして船室内の宙でもがきはじめた。

「早う戻れ」

「ペストル持っとるで」

「気ちがいに刃物やんけ」

はげしくぶつかりあい、口からとばした入れ歯を宙にただよわせたりしながらも、やがて乗客たちはどうにか自席に戻った。宙を移動するコツがわからず天井に足をつけたままの蝙蝠《こうもり》のような二人の婆さんと、くるくる回転し続けたまま眼をまわしている中年女を浜口が椅子にひきずりおろした。

「こんどこういうことをした人は」と、浜口が凄《すご》んだ。「外へ出ていただきます」

「やっぱり気ちがいや」大造が隣席の金造にいった。「外へ出られる思うとるぞ。阿呆《あほう》か。外へ出たら落ちるがな」

浜口が操縦席に戻り、規子が気をとりなおして客室に入った。

「姐ちゃん。姐ちゃん」源三がまた大声をあげた。「便所どこや。わい、小便したいんやけんど」

「おトイレはございません」と、規子は答えた。「排便用器具がシートの下にございますから、引き出してご使用ください」

「ははあ。これやな」源三は椅子の下からチューブを引きずり出した。チューブの先端には漏斗型をした金具がついている。「これがそうけ。この中へするんけ」

「はい」規子は顔をそむけた。「それを、あの、ぴったりと押しあてて、そしてあの、あの、ご使用になってください」

源三は宇宙服の排便用チャックをはずし、自慢のペニスをまろび出させて金具に突っ込んだ。

「姐ちゃん。姐ちゃん」やがて源三が、ふたたび叫んだ。

「はい。何でしょう。もうお済みになりましたか」

「済んだ」

「それではあの、もとへお戻しになってください」

「戻らへん」いささかうろたえ気味の源三がはげしくかぶりを振った。「あの、これ、抜けへんがな」

「えっ」規子は、股間《こかん》に押しあてた金具をとろうとしてけんめいにチューブを引っぱり続けている源三を、まじまじと見つめた。「それじゃ、あの、あの、チューブの中にまで突っ込んじゃったんですか。押しあてるだけでよかったのに」

「そや」源三の顔が赤黒くなってきた。「痛いいたい。早う抜いてくれ。中で大《でこ》うなって、堅うなりよったんや。助けてくれ」

「えらいことやがな」大造がいった。「みんな手え貸したれや」

「源三、汝《われ》はこの中へ珍棒《ちんぽう》突っ込む時に、けったいなこと考えたんと違うけ」金造が力まかせにチューブを引っぱりながら訊ねた。

「この姐ちゃんのこと考えた」と、源三は答えた。「痛い痛い。ちぎれてまうがな」

「そんなこと考えるからいかん」大造が規子にいった。「姐ちゃん。あんたあっちの部屋行っててくれへんけ。あんたがそこにおるさかい、こいつの珍棒が小そうならへんのや」

「まあっ」規子は火の出そうな頰を手で押え、身をひるがえして操縦室へ駆けこんだ。

「どうしてこんなに、次から次へと騒ぎを起すんだ。あんたたちは」眼を充血させて怒りに身をふるわせ、拳銃を手にした浜口がわめきながら客室へ入ってきて源三に近づいた。

「そこどけ。おれが引っこ抜いてやる」

「もう抜けた」源三がきょとんとした顔で浜口にいった。「あんたの顔見るなり、抜けた」

6

「なんとまあ、何もないとこやのう」

附近のクレーターや山脈の説明を続けている浜口の声にはおかまいなく、金造が退屈のあまりそんな大声を出した。その声は月面に降り立って周囲を見まわしていた全員の、ヘルメットの中のスピーカーから大きく響き出た。

「あ」規子は小さくそう叫び、気遣わしげにすぐ傍の浜口の表情を、ヘルメットの強化プラスチック越しにうかがった。

浜口は絶句したまま頰を痙攣させ、誰が言ったのかという眼つきで一同を眺めまわし、やがて乾いた声ではは、ははははと笑った。「そうです。月面には何もありません。砂以外、何もありません。空気さえありません。何があると思っていたのです。豪華な観光ホテルがあるとでも思っていましたか。料理屋があると思っていたのですか。料理旅館で休憩し、月面料理とか何とか、そんなものを食べながら一杯飲めるとでも思っていましたか」次第に、彼の声がうわずりはじめた。「ところが、そんなものはないのです。いい気味だ。はは、ははははは」

「浜口さん」規子が大声で叫んだ。

びく、と一瞬からだを硬直させた浜口は、すぐに気をとりなおした様子で、ゆっくりと歩き出しながらまた喋りはじめた。「や、これは失礼。はは、ははははは、はは。ではちょっと、あっちのクレーターの方へ行って見ましょう。ゆっくり歩いてくださいね。ゆっくりですよ。勢いよく地面を蹴ってはいけません。何度もいうようですが、月の重力は地球の六分の一しかありません。跳んでは危険です。カンガルー跳びをしてやろうなどとは、絶対に考えないでください」

「あれするな。これもするな。何もすな。絶対にすな。すな、すなばっかりやんけ」ふたたび、誰かの声が大きく響いた。「わいら、ひとり頭六千万円も払うて、いったいこんなとこへ何しにきとるんや。しょうむない」

「やめてくださいっ」規子が悲鳴をあげた。

「誰だ。今言ったのは」浜口は立ちどまり、大声を出しながら観光客を睨めまわし、ひとりひとりの顔をのぞきこむようにした。

どの顔も、どの顔も、ヘルメットの中でにやにや笑っていた。

「その通りだ」浜口は怒鳴った。「ここは、つまらないところだ。『しょうむない』ところだ。誰もいないところだ。それを承知で来たんだろ。なぜこんなところへ来たかと聞きたいのはこっちの方だ」

「嘘つきなはれ。あんたはん、何言うてはりまんねん」篠が間のびした声をはりあげた。

「誰もおらへんやて。おるがな。あすこに人がおるがな」

「嘘はつかん。ここはどの基地からも離れている」浜口が、ど百姓から馬鹿にされてたまるかといわんばかりに叫び返した。「航空宇宙局からの連絡では、現在この入江にやってきている他国の宇宙船は一隻もなく、また、ここで作業している者も」

「浜口さん。浜口さん。あそこ。あそこ」規子が切迫した調子で浜口の注意を促した。

「ん。なんだ。どうしたんだ」

「あそこに誰かいるわ。ほら。ひとり、ふたり、三人、四人」

規子の指さす方向に眼を向けながら、浜口はいった。「馬鹿をいいなさい。現在このあたりには誰も。いた」眼を丸くした。「そんな筈は」
三、四百メートルほどの彼方《かなた》、直径四十キロにも満たぬ小さなクレーターの周壁を、日光に背を向けてよじ登っている十人足らずの人影を見て、浜口は首を傾げた。
「変だな。いやに図体のでかいやつばかりだぞ。ここからでもあんなに大きく見えるんだからな」

「ソ連の基地設営班かしら」

「いや。連中の宇宙服はあんな色じゃない。や。や。あんな宇宙服は外国にもないぞ。や。あのヘルメットは何ごとだ。や。や。や」浜口は息をのんだ。「あれは。あれは」

「どうしたの」規子は心細げに浜口の方へ身を寄せ、彼の顔をのぞきこもうとした。

「ねえ。どうかしたの」

ひゅう、と音を立てて浜口が息を吸いこんだ。「異星人《エーリアン》だ」

「え。え」規子は顫《ふる》えながら彼方の巨大な人影に眼を凝らした。「うそ。うそよ」

「ほ、本当だ。あれはたしかに、たしかに」

うっ、と叫んで浜口はのけぞり、仰向《あおむ》けに月面へ倒れ、苦しげにヘルメットの強化プラスチックをひっ掻くようなそぶりをし、すぐに動かなくなってしまった。

「あっ。浜口さん」規子は悲鳴をあげた。「どうしたの。どうしたの。あっ、大変。誰か手を貸してください」

浜口は意識を失っていた。規子は彼の上半身を抱き起した。

「よっしゃ。わいが手え貸したる」規子のすぐ傍にいた源三が浜口をかかえあげて立たせた。

「なんや、この男は。軽石か」

「あっ。あっ。乱暴にしないで。船に戻ってください。船の中で手あてをしますから。あ、あの、皆さん。そこにいてください。じっと動かないでいてください」

浜口を両側から担いで規子と源三は約五十メートルの距離を歩き、船に戻った。

「さあ、姐ちゃん。ようようふたりきりやのう」気閘《エア・ロック》に酸素が満ちるなり、担いでいた浜口を押しのけてヘルメットを脱ぎ、源三はそういった。「さあ。ふたりでええことしようやないか」規子に抱きついた。

「なっ、何するんです。病人を介抱しなくちゃならないのに。本部へ連絡しなきゃいけないのに」規子は泡《あわ》をくって源三を押しのけようとした。「やめて。やめてください」

「なかなか、やめへんぞ」源三は馬鹿力で規子の自由を奪い、彼女の宇宙服を脱がせにかかった。

「あっ。やめて。乱暴しないで。宇宙服が壊れます」

「そんなら、おとなしゅうするか」

「無茶だわ。すぐ傍に病人がいるのよ」

浜口はふたりの傍らで直立したまま、上体をふらりふらりと前後に揺すっている。

源三は鼻息を荒くしながら規子の耳にささやいた。「こいつは当分気絶したままやで。さあ。わいの言うこときいてくれたら、ええ着物買うたるで。金もやる。二十八万円やるで」

「なぜ二十八万円なの」

「こないだ牛売った金や」

「そんなのいりません」

けんめいに抵抗したが、規子が頑丈《がんじょう》な源三の腕から逃れることは不可能に近かった。

「こんなことしてる場合じゃないのよ」泣き声で、規子は絶叫した。「すぐそこに宇宙人がいるっていうのに」

「テレビの見過ぎや」源三はへらへらと笑った。「親戚《しんせき》の子供らに、いつもそないいうとる。宇宙人やとか怪獣やとか言うとると、しまいに阿呆になるで」

「あっ。やめて。やめて。いや。いや」激しくかぶりを振り続ける彼女の目が次第にうるんできた。こんなに乱暴に犯されることを、ほんとに自分が厭《いや》がっているのかどうかが曖昧《あいまい》になってきて、周囲の状況が切迫しすぎているためか精神的にもやや退行し、いつもの空想の中にいるような気さえしはじめていた。

「あー。あー。あー」いつの間にか、悲しげにただそんな声を出し続けているだけの自分をいやらしいと思いながらも、彼女の顔色は次第に内心の恍惚度《こうこつど》を示す色に染まりはじめた。

「あいつらのとこ、行て見よけ」月面では、退屈しきった大造が凹孔《おうこう》周壁の傾斜を指さしてそんなことを言っていた。

「そやな。行こけ」金造がうなずいた。

「そやけどあれ、外人のおっさんと違うけ」篠がいった。「ことば判らへんで」

「平気や平気や」と、誰かがいった。「この前カルホルニーヤで外人のおっさんと話しして通じたやんけ。手つきやら、かだら動《いの》かしたりして、たいがいのこと通じたやんけ」

「そやな。ほたら行って見よけ」

「行こ行こ」

一同がふわふわと砂の上を歩きはじめた。

「ほう。見い見い。あっちもわいらのこと、気いついとるで」

「ほんまや。手え振っとるがな」

「阿呆。あれが手えか。なんで手えが頭の天辺《てっぺん》から生えとるねん」

「ほたらあれ、髪の毛か。えらい長い髪の毛やのう」

「女違うか」

「顔も見えてきたで」

「あ。あのおっさん怪態《けったい》やな。顔の色、みどり色しとるやんけ」

「中にはあんな外人のおっさんもおるんと違うけ。ようテレビで見るがな。みどり色の顔したやつ」

「阿呆か。そらテレビの色が悪いねん」

わいわい言いながら一行は次第に、地球人として初めて異星人との接触を行うことになる記念すべき地点へ、それとは知らずして無心に近づいていった。

7

「その、異星人と接触《コンタクト》したというのは、どこの国の宇宙船ですか」招集に応じ、ホワイト・ハウスの緊急会議室へ顔色をなくしてとびこんできた国連事務総長が大声で訊ねた。

「日本の観光宇宙船だよ」正面のデスクにいる大統領が額を押えながら、呻《うめ》くようにいった。「しばらく前から月面へ観光客を送りこんでいたらしい。無茶をやる国だ」

「『ダイアナ号』という宇宙船です」科学省長官が大きな身振りで説明した。「通信衛星経由で副操縦士が報告してきました。接触地点、接触時間は、今のところまだ明確ではありませんが」

「相手はどういう連中です」やはり駆けつけたばかりの国防省長官が、息をはずませながら訊ねた。「武器を持っているんですか」

「それもよくわからないのです」説明しながらも、科学省長官はなぜか嬉しそうににこにこしていた。「なにぶん、その副操縦士のいうことに多少支離滅裂の傾向がありまして。まあ、これは無理もないことですが」

「興奮しているからかね」と、大統領がいった。

「興奮している、というよりは、恍惚としている、といった方が近いかもしれません、いやいや、理由はよくわかりませんがね。何しろ女性のことですから」

「女」と、国防省長官が叫んだ。

「なんと。じゃあ副操縦士というのは女性ですか」国連事務総長が眼を丸くした。「操縦士はどうしたのです。まさか操縦士まで女性だというんじゃないでしょうな」

「操縦士は男性だったのですが、残念ながら死んだそうです」

「死んだ」国防省長官が、椅子の上でびくっと身をのけぞらせた。「こ、こ、殺されたのかね」

「いいえ。異星人を見たショックで死んだらしいのです。脳溢血《のういっけつ》か心臓麻痺《まひ》か、そこまではわかりませんが」そう言ってから科学省長官は、自分の言ったことに対して、うんとうなずくようなそぶりをして見せた。

この世の終りとでも言いたげに、国連事務総長が唸《うな》った。「ううううう。女か」

「最悪の事態だな」ひとりごとのように国防省長官がつぶやいた。

「乗客はどうなんだね。乗客は」救いを求めるような眼で大統領がいった。「乗客の中には人はおらんのか。そのう、医者とか科学者とか、つまり異星人と交渉できるような人物は」

「学者はいないようですね」科学省長官が、にこやかにうなずいた。「一種の団体客です。農協という、農民の団体です」

「農協ですと」いったん椅子に腰をおろしていた国連事務総長が、感電したような勢いで立ちあがった。「その農協というのは、まさか例の、悪名高い日本の農協のことではないでしょうな」

「農協です」なぜそんなに驚くのか理解できないといった怪訝《けげん》そうな表情で、科学省長官はうなずいた。「悪名うんぬんはともかく、まさにその、日本の農協なのです」

大統領と国連事務総長と国防省長官は、口を半開きにしたまましばらく互いの顔をぼんやりと見つめあっていた。

がたん、と音を立てて腰をおろした国連事務総長が泣きそうな顔であたりを見まわし、おろおろ声を出した。「えらいことになったぞ。えらいことに」

「破滅だ」国防省長官が溜息をつき、投げやりにいった。「もう、地球は破滅だ」

「おや。なぜでしょう」科学省長官が、わざとらしく眉をひそめて小首を傾げた。「相手の異星人が地球を侵略しようという意図を持っているかどうか、まだわかっていないのですよ」

「なにを甘いことを言ってるんですか。あなたは」国防省長官が科学省長官に指をつきつけた。「ある地域でふたつの異種族が接触すれば十中八九は争いが起り、どちらかが破滅する。破滅しないまでも、どちらかがその土地を追い出される。共存共栄なんてことは、生物界では例外中の例外なんですぞ」

「なんだってまた、農協を船になんか乗せやがったんだ」国連事務総長が机にのの字を書きながら泣き声を出した。

「とにかくこれは前例のない、容易ならん事態です」と、大統領がいった。「早急にこちらの態度を決め、もし平和を望もうとするなら、最初の接触において相手にあたえた悪い心証を」咳ばらいした。「いやもう、悪い心証をあたえたことは確かだから、なんとかそれをよくするような方法を考えねばならん。そこでお訊ねしたいのだが」大統領は科学省長官に向きなおった。「科学省では、いずれこういうことが起るだろうという予測は、全然立てていなかったのかね。時と場合に応じた異星人との接触《コンタクト》の最善の方法というものを何らかの形で研究してはいなかったのかね」

「はい。そのことですが」わが意を得たりとばかり、科学省長官は嬉しげにうなずいて見せた。

「こういう場合の対策は、科学省では、まったく研究しておりませんでした」

がく、と国防省長官が上体を前へつんのめらせた。

「なんだってまた、農協を船になんか乗せやがったんだ」と国連事務総長がいった。

「しかし」と、科学省長官は笑顔で続けた。「こういった、いわゆる最初の接触《ファースト・コンタクト》のあらゆる場合、つまり想像でき得る限りのさまざまな形の最初の接触《ファースト・コンタクト》を考え続けてきた一群の人たちがいるのです」

「ん。誰だねそれは」大統領が身をのり出した。

「それは」と、科学省長官が胸を張り、またにこやかにうなずいた。「SF作家たちです」

「SF作家だと」どんとテーブルを叩き、国防省長官が吐き捨てるように叫んだ。「夢物語を書いている気ちがいどもじゃないか」

「まあ待ちたまえ」大統領が国防省長官を手で制し、科学省長官に先をうながした。

「どんな場合のファースト・コンタクトを描いたどんな作品があるのかね」

「SFの中には、ファースト・コンタクト・テーマというジャンルがあります。このジャンルに属する作品は長短篇あわせて数百もあり、ここではあらゆる場合のファースト・コンタクトの様相が予測され、考えられ、追究されているのです。それはもう、考え得る限りのものがあるのです」なぜかますます喜びの色を顔いちめんにたたえ、踊り出さんばかりの身振りとともに科学省長官は喋り続けた。「もちろん、接触が失敗に終り、相手が高度の知能を持つ生物であったがために地球が攻め滅ぼされるという小説もありますし、相手が生物として、地球人とはあまりにも隔たりの大きい種族であったがために、結局何ひとつ理解しあえず、右と左に別れてしまうというものもあります。また、戦争になるのもあります。たとえばロバート・シェクリイという作家の短篇『千日手』では、戦況がチェスなどでいう、いわゆる千日手の状態になり、先に行動した方が必ず負けるというので永遠に睨みあいのままになってしまいます。接触が成功し、めでたしめでたしで終る小説もあります。その中でも特に有名なのはマレイ・ラインスターという作家の短篇で、題名もずばり『最初の接触《ファースト・コンタクト》』です。この場合は、接触の方法がわからないため睨みあいになってしまいます。つまりこちらに攻撃の意図がないことを教えようとして善意でとる行動を、風俗習慣の違いから相手の異星人側が悪意と受けとるのではないかという心配から、軽はずみな交渉を避けようとするあまり極端に臆病《おくびょう》になってしまうのです。ところが実は相手の方も同じ問題で悩んでいたというのが結末です。お互いにそれがわかり、はじめて両種族間に平和が生まれるのです。いいですね。いいですね。ほんとにこんな具合にいくと、実にいいんですがね。あは、あはは、あはは」身を揺すって笑った。

大統領が渋い顔をした。「もっと、こういった場合の参考になる作品はないのかね」

「参考になる作品、と申しますと」

「つまりその、たとえばだね、地球人として、異星人とたまたま最初に接触したのが、たとえばその、日本のその、農、農協であったというような」語尾を濁し、大統領は頭をかかえこみ、自分のことばに自らかぶりを振った。「まあ、ないだろうねえ。そんな馬鹿な小説は」

「そういうSFは、わたしの読んだ限りではまだありません」科学省長官がにこやかにそう答え、また、うんとうなずくような仕草をした。

どんとテーブルを叩き、国防省長官が科学省長官に、充血した怒りの眼を向けた。

「あんたは何を喜んでいるんだ。さ、さ、さっきから見ているとあんたは、嬉々《きき》として嬉しがっている。この事態を楽しんでいる」興奮して指をつきつけた。「不謹慎ではないか。時と場所をわきまえなさい。喜ぶべき出来事ではないんですぞ」

「おや。なぜでしょう」また怪訝そうな表情を作り、科学省長官は心から不思議そうに首を傾げた。「地球人が、はじめて異星人と出会ったのですよ。記念すべきこと、喜ぶべきこととは思いませんか。これは宇宙的規模の出来事《イベント》なのです。そうです。たとえ地球がその連中の攻撃を受けて全滅しようと、これが宇宙的なイベントであることは否定できない事実なのですよ」あっけにとられている他の三人にはおかまいなく、彼はふたたび笑顔に戻り、強くうなずいた。「SFの世界が現実になったのです。素晴《すば》らしいことです。素晴らしいことです。万歳」踊り出した。

「なんだってまた、農協を船になんか乗せやがったんだ」

「『ダイアナ号』からの第二報です」秘書官が蒼《あお》い顔で部屋に駆けこんできた。彼は手に持っている紙片を、まるで汚いもののような手つきで大統領に突き出した。

「う」大統領は眼を閉じた。「いい知らせか悪い知らせか、どっちだ」

「わたしはまだ読んでいません」秘書官がいった。それから急に叫びはじめた。「読めると思っているのですか。わたしにはとても読めません。読む気はまったくありません。読めるもんか。いい知らせか、ですって。いい知らせであるわけがないじゃありませんんか」ひとしきり叫び終り、呼吸をととのえてから彼はいった。「わたしは便所へ行ってきます。わたしがこの部屋を出るまで、声に出して読まないでください」

紙片の通信文に眼を走らせていた大統領が、突然音をたてて立ちあがり、大声で叫んだ。「酒を飲んでいる」

眼を丸くした周囲の連中に視線を送り、大統領はふたたび通信文に眼を落してくり返した。「連中と一緒に酒を飲んでいるんだ。相手の全員を『ダイアナ号』の船内へつれこみ、異星人の持っていた酒を貰って一緒に飲み、肩を叩きあって歌をうたい、笑っている」げらげら笑い出し、紙片を頭上に振りかざした。「酔っぱらっている。両方ともだ」気が狂ったように、身をよじって大統領は笑い続けた。「連中はみどり色の顔をしているそうだ。からだは地球人の一・五倍の大きさ、頭からは手が生えていて」はげしい笑いの発作のため大統領は声が出せなくなり、胸を押えてテーブルに突っ伏し、握りこぶしで卓上をどんどん叩いた。

科学省長官が笑いはじめた。続いて国連事務総長が、大統領秘書官が、最後には、きょとんとしていた国防省長官までがつられて笑い出した。笑いは次第に高まり、ついには一同が発狂したかのようなけたたましさで笑いころげた。

「接触がうまくいったのだ」なおも笑い続けながら、大統領が叫んだ。「われわれは日本の農協に負けた。連中のバイタリティと、その厚かましいほどの馴《な》れなれしさと、そして図太さに負けたのだ。彼らの、ものにこだわらぬ無神経さと一種の鈍重さと強引さは、異星人たちをさえ彼らのペースに巻きこんじまったんだ。結局は最初の接触《ファースト・コンタクト》をする上で、彼らほどの適任者はいなかったということになるのだ。連中が勝ったのだ。わはは、わはは、わはは、わははははははははははははは」

8

異星人たちはバーナード星を主星とする第一惑星の住人だった。彼らは、彼らが開発したウォルフ三五九の第二惑星へとぶ途中で操縦を大きく誤り、月面へ不時着陸してしまったのである。むろん、こういったことはすべて国連が、大至急科学者による異星人との交渉団体を組織して月面に向かわせ、けんめいの努力で彼らとコミュニケートした末にわかったことであった。

その後、月面上での邂逅《かいこう》がきっかけとなって二種族の間に平和な外交関係が生まれることになるのであるが、これはずっとあとの話である。

日本の農協は地球全体の救い主だというので面目をあらたにし、さらに有名になった。大造たちは一躍、まさに全地球的規模の英雄にまつりあげられ、その後も全世界でながくもてはやされた。たとえ月面に不時着していた異星人たちのグループが彼らの星では、地球でいえばちょうど日本の農協に相当するような団体であったことが判明したあとでも。

日本以外全部沈没

「おいおい。シナトラが東海林太郎《しょうじたろう》のナンバーを歌い出したぜ」おれと並んでカウンターで飲んでいる古賀《こが》がそう言った。

そういえばたしかにシナトラの声である。おれは首をのばしてフロアーの隅《すみ》を眺《なが》めた。ごった返している「クラブ・ミルト」の片隅の小さなステージに立ち、ワイヤレス・マイク片手に、憶《おぼ》えてきたばかりのたどたどしさで「赤城の子守唄」を歌っているシナトラは、皺《しわ》だらけの顔にせいいっぱいの愛想笑いを浮かべていた。

「ヤマノ、カラスガ、ナイタトテ」

「こわもてしなくなったシナトラに魅力はないよ」と、おれはいった。

「老後が不安なんだろう」古賀は小気味よさそうにいった。「歌えなくなったら、日本を追い出されるかもしれないものな」

おそらく追い出されるだろう、と、おれは思った。あの歳《とし》では、日本語を憶え、日本の生活様式を身につけて日本人に同化するのはまず無理である。だが日本政府は、日本国内に入国を許可された外人たちのうち、三年経《た》っても日本に馴染《なじ》まぬ者は強制的に国外へ追放する方針だった。

「で、日本に馴染んだかどうかは、どうやってテストするんだろう」

「さあね」古賀は首を傾《かし》げた。「都々逸《どどいつ》でも歌わせるさ」

「箸《はし》で冷奴《ひややっこ》が食えるかどうか試してもいいな」

　古賀はげらげら笑った。「日本式便所で大便をさせてみる。あっ、もっといいことがあるぞ。日本の早口ことばを喋《しゃべ》りながら羽織と袴《はかま》の紐《ひも》を結ばせるってのはどうだ」

「それは日本人でもできないやつがいるぜ。特に若いやつなんかは」

　おれがそう言った時、古賀の横で飲んでいた初老の外人が溜息《ためいき》をついた。「アマリ、カワイソウナコト、イワナイデクダサイ」

　見たことのある男だな、と思ってよく見るとポンピドーだった。さすが大統領だけあって頭がよく、すでに日本語をマスターしてしまったらしい。

「オイダサレテハ、イクトコロアリマセン」

「チベット高原、パミール高原、それにキリマンジャロの山頂、アンデス山脈の二、三か所はまだ沈没していませんよ」古賀が意地悪くいった。

「アンナトコロ、ユケナイヨ」ポンピドーは悲鳴まじりに叫んだ。「ヤバンジン、ウヨウヨ、アツマッテイル」

　おれの右隣でさっきから飲んでいたインディラ・ガンジーが、酒の肴《さかな》に近所の店から取り寄せた朝鮮焼肉を食いながら言った。「あそこじゃ、殺しあいをしてるんですってね」

　おれはびっくりして彼女に注意した。「あなた、それ牛肉ですよ」

「あら、人間の肉を食べるよりはましよ」

チークの厚いドアをあけ、毛沢東《もうたくとう》と周恩来《しゅうおんらい》が店内をのぞきこんだ。

「よその店へ行きましょう」周恩来が毛沢東の袖《そで》を引いた。「蔣介石《しょうかいせき》が来ています」

「くそ」

ふたりは、さっと店を出た。

「ねえ。お願いしますよ」すぐうしろのボックスにいるローマ法王は、一緒に飲みにきている日本人官僚のひとりに、しきりに頼みこんでいた。「上野公園をくださるよう、閣僚の誰《だれ》かにとりなしてください」

官僚は苦笑した。「あそこをバチカン市国にするっていうんでしょ。同じくらいの広さだからな。だめだめ。それはあなた、あまりに厚かましいですよ。どんな小さな国に対しても国土は分割できません。どうも小さな国ほど領土への執着が大きいようだ。昨夜もグレース公妃が昭和島をくれといって、わたしの寝室へ忍んできた」

「そうとも、やることはありません」隣のボックスで盗聴していたニクソンが振り返り、大声でいった。「わが国の八百五十万人が、今も相模《さがみ》湾の沖で千二百隻の船に乗って入国させて貰《もら》えるのを待っているんですぞ。領土を寄越《よこ》せなどとは、あまりに神を恐れぬ欲深さです」

「その船の半数では、殺しあいがはじまっている」酔っぱらったキッシンジャーが、泣き声でいった。「それを思うと、とてもこんなところで飲んでいられる気分ではない。

しかし飲まずにはいられないのです。飲む以外にすることがない。毎晩ホテルと西銀座を往復する以外日課がないとは、なんとなさけない、なさけない」わあわあ泣きはじめた。

「泣くな泣くな。そのかわり、いいこともあった」と、ニクソンがなぐさめた。「黒人をひとりも船に乗せなかったのはお手柄だ」

「あちこちで海戦がはじまってるそうだぜ」と、古賀がささやいた。「食糧の奪いあいだ。いちばんひどいのは室戸岬《むろとみさき》南方の海上で入国許可を待っていたスウェーデン、ノルウェー、デンマークの船の連中で、ほとんど共倒れになったらしい」

「バイキングの子孫同士で争ったわけだな」おれは頷《うなず》いた。「北海道の方はどうなんだ。カラフトやカムチャツカの方から、スラヴやツングースがなだれこんできたらしいが」

おれは社会部の記者だが彼は政治部なので、そういった情報には詳しく、キャッチするのも早い。

「北部方面隊と第2航空団が出動してやっつけてる。皆殺しだ」古賀はそういった。「殺戮《さつりく》にはアイヌも手を貸してる」

チークのドアを押してトム・ジョーンズが入ってきた。黒い制服のドア・ボーイが邪険《じゃけん》に胸を押してとどめた。

「もう、満員です」

「ひとりくらい、なんとかなるだろう」

「駄目《だめ》です。立って飲んでる人もいるくらいですから」

ボーイが指さした壁ぎわでは、窮屈そうに肩をすくめたローレンス・オリヴィエとピエール・カルダンが立ったままでブランデー・グラスを持っていた。

「入れてくれたら、歌ってやるぜ」と、トム・ジョーンズがいった。

「いえ、結構です。シナトラ一家がいますし、ビートルズの四人も揃《そろ》ってますから」

トム・ジョーンズは肩をすくめて出て行った。

「いろんなやつがくるな」と、古賀はいった。「来ないやつがいないみたいだ。もうじきゴドーまでやってくるぞ」

「ゴドーじゃなくて、後藤が来たぜ」おれはドアの方へ顎《あご》をしゃくった。

科学部記者の後藤が眼をぎらぎら光らせ、人混みをかきわけておれたちの方へやってきた。

この「クラブ・ミルト」は、もともとわれわれ新聞記者の溜《たま》り場だったから、どんなに店が混んでいる時でも門前払いをくわされるようなことはない。もともと、日本に難を逃れてきた外国人たちがこの店に集まるようになったのも、彼らがことばの不自由さから情報不足に陥り、この「クラブ・ミルト」へ来ればわれわれから新しいニュースを得て餓えを満たすことができるためである。現在のこの店の空前の盛況は、いわばわれわれ新聞記者のお蔭《かげ》なのだ。

「おい。今、そこのポニー・ビルの裏通りの暗いところに、エリザベス・テイラーが立っていたぞ」眼を細めて後藤がいった。

　おれは後藤のために古賀との間へ空間を作ってやりながら言った。「ついに彼女も街頭に立ちはじめたか。もうパトロンはいないし、ドルは値打ちがないからな」

「悪い日本人にだまされ、全財産巻きあげられたんだろう。外人と見ると弱味につけこんで、寄ってたかって裸にしちまう。まったく日本人ってのは血も涙もない人種だな」

「おれ、行こうかな」古賀が腰を浮かした。「ひと晩いくらだと言ってた」

「よせよせ。あんなデブ」

「おれ、デブが好きなんだよ」

「もっといいのがいくらでも来てるよ。昨夜は面白《おもしろ》かったぞ。学芸の山ちゃんと一緒に乱交パーティに行ってきたんだ。オードリイ・ヘプバーンやクラウディア・カルディナーレや、ソフィア・ローレンが来ていた。べべもいたぞ。おれはカトリーヌ・ドヌーヴとロミー・シュナイダーと、それからええと、あとは誰を抱いたっけ」

　がたん、と音を立てて古賀が立ちあがった。「どうしておれを呼んでくれなかった」

　おろおろ声になっていた。「おれ、ロミーのファンなんだよ」

「いつだって会えるさ。そんなことはどうでもいい」おれは後藤に訊《たず》ねた。「どうだったんだ。田所《たどころ》博士の記者会見があったんだろ」

「ああ。さっき終ったところだ」おしぼりで顔を拭《ぬぐ》いながら、後藤はうなずいた。

「こいつ、ロミーを抱きやがった」古賀がすすり泣きはじめた。

　古賀にかまわず、後藤は喋りはじめた。「田所さんは、ぐでんぐでんに酔っぱらっていて、何を言ってるのかよくわからなかったがね。それでも、だいたいのところは理解できたよ」

タドコロという名前に、周囲の外人たちが聞き耳を立てはじめた。後藤の喋ることを外人たちに小声で通訳してやっている日本人もいる。

「ずっと以前から全地球的に大気中の炭酸ガスの量が増えはじめていたことは知っているだろう。あれで北極と南極の氷が溶けはじめ、徐々に海面がふくれあがってきて、世界中の地表を浸しはじめた。と同時に、以前から沸騰《ふっとう》しはじめていた太平洋の下のマントルが、さらに沸騰した。日本列島の地底のマントル対流は、太平洋からアジア大陸の下へもぐりこんでいる。これを大洋底マントルというのだが、これが沸騰したままで日本列島の下へもぐりこんできて、アジア大陸の地底から日本列島の下までのびてきている大陸底マントルと衝突した。そこで」次第に田所博士がのりうつったような口調になり、後藤が唾《つば》をとばしはじめた。「沸騰したマントルの一部は、日本の地底にある大洋底マントルと大陸底マントルの交差点でおしあげられるような形になって地表へ噴出した。三年前、富士山、浅間《あさま》山、三原《みはら》山、天城《あまぎ》山、大室《おおむろ》山、箱根《はこね》山、桜島《さくら》、三宅《みやけ》島、その他休火山と活火山とを問わず日本中の火山が順に噴火したのはこのためだ。ところがそれだけじゃおさまらなかった。マントルは海面がふくれあがる速度と比例して徐々に日本列島全体を押しあげ、と同時に、日本海底の海盆を破壊し、日本列島の地底及び周辺のモホロビチッチ不連続面をばらばらにし、以前から年間四センチメートルの速度で日本列島へ向けて移動していた速度を急激にスピード・アップした」後藤は今や大声でわめき散らしていた。

店内の客はいっせいに後藤を見つめ、茫然《ぼうぜん》としている。

「日本はそのマントルの大波にさからえず、アジア大陸の方へ押しやられ、ついに、すでに沈下していた中国の、大陸地塊の上へざざざざ、ざばあっ、と」後藤はグラスを散乱させてカウンターにとび乗った。「こういう具合に、乗りあげてしまったのだ」

「なんとまあ」おれはぶったまげて叫んだ。「それじゃ日本は今、地理的にはもとの場所にあるのじゃないのか」

「ややこしい言い方をするな。地理的にといったって、今じゃどんな世界地図を書いたところで海のまん中に日本列島があるだけなんだぜ」と、古賀がいった。「そりゃまあ、厳密に言えばチベットなどの高原もあるが」

「じゃ、今、日本は中国大陸の上に乗っかっているのか。どの辺だ。華《か》北《ほく》平原のあたりか」

「しっ。でかい声を出すな」自分が大声でわめいたくせに、後藤は今さらのようにあわてておれを制し、店内を見わたした。「中国の連中が来てるんじゃないか」

「いや、さっきちょっと顔を見せただけだよ」

「ソウタ。ソレ、ヤツラニ教エテハイケナイアル」いちばん遠くのボックスで蔣介石がおどりあがった。「ヤツラ、領土権ヲ主張スルアルゾ」

蔣介石とは反対側のいちばん隅のボックスで、金日成《きんにっせい》がおどりあがった。「ニポン、シズマナイ。哀号《あいごう》、チョセン、ナゼシズンダカ。ワタシ不公平ミトメナイヨ」

「朝鮮半島だって中国大陸地塊の上にある。だから沈んだのです」と後藤が説明した。

「ソレナラコッチモ、領土権主張スル。セメテ県ヲヒトツモラウ。岩手県モラウ」

「いちばん広い県だぞ」

「人口密度がいちばん低い県だ」

「前から狙《ねら》ってやがったな」

「あんなところをとられてたまるものか」

周囲にいた朴正煕《パクチョンヒ》とスハルトとグエン・バン・チューとロン・ノルが、ボックス席の凭《もた》れを乗り越えて、いっせいに金日成につかみかかった。

全員が騒ぎはじめた。

「やめてください。やめてください」マネージャーが声を嗄《か》らした。「国家の元首ともあろうかたがたが、何という乱暴な振舞いを」

「毎晩のことで、奴《やっこ》さんも大変だな」と、後藤がいった。

「たいして珍しい事件じゃないが、今の騒ぎをちょっと社へ報告しとくよ」古賀が立ちあがった。

「カコミ記事ぐらいにはなるだろう」彼はカウンターの端で、社へ電話をかけはじめた。

「そちらのかた、もう少しお詰め願います。すみません」と、マネージャーが補助椅子を運びながら叫んだ。「予約席ですので」

レーニエ三世が汗を拭いながら補助椅子に掛けた。

顔見知りなので、おれは声をかけた。「いかがでした。都知事との会見は」

彼はかぶりを振った。「どうしても賭《と》博《ばく》場を開くのは許可できないと言ったよ。いやはや、日本のような文化国家の首都が公営賭博を廃止しているとは知らなかった。まったくひどいところだ。公営賭博を廃止したりしたら、わがモナコ公国などはどうなったと思う。公営賭博がなぜいかんのだ」彼は次第に激しはじめた。「賭博のために堕落するような市民のいる都会なんか、都市じゃない。都市やめちまえ」今度は泣き出した。

「わたしの政治理念が崩れた」

古賀が席に戻ってきた。「ヒューズがとんでる」

おれはあたりを見まわした。「だって、明かりがついてるじゃないか」

「そうじゃない。入国許可を得られなかったハワード・ヒューズが、密入国しようとして自家用機で東京上空を飛んでるんだ。高射砲で撃墜したものかどうか、今、第一師団で検討している」

壁ぎわのフォードが、ぼそりとつぶやいた。「奴さん、税関の役人に賄賂《わいろ》をケチったな」

カウンターのいちばん端にいたディーン・マーチンがいった。「ダルマをボトルで一本くれ」

バーテンがかぶりを振った。「だめだよ。あんたアル中だろ。それにもう、ボトルじゃ売らないんだ。このクラブだって、なかば配給制なんだ。ウィスキーは残り少いんでね。ほしけりゃチケットを買い集めてきなよ」

「十万ドル出そう」

「だめだめ」

「十五万ドル」

「だめだめ」

「なんとか言ってやってくれよ、ボス」と、ディーン・マーチンが泣き顔でニクソンに声をかけた。

ニクソンは肩をすくめた。「もうドルを防衛する必要はなくなったんだ」彼はいくぶん浮きうきしていた。

「まったく、こう物価が値上りしたのでは、かなわんな」後藤がぼやいた。「今日、ざるそばを食ったら三万円とられた」

「カレーライスが五万円だ。大衆食堂でビフテキがいくらすると思う。二十万だぜ」古賀がいった。「安いのは外人の女だけだ」

「宝石もずいぶん値下りしたぜ。国宝級の宝石がずいぶん持ち込まれたからな」おれは左手の薬指にはめた三カラットのダイヤの指輪を見せた。「いくらだと思う。七千八百円だぜ。オナシスが持ちこんだやつだ」

「いくら物価が高いといっても、日本人は幸せだよ。いわば貴族階級だものな。おれのいる高円寺《こうえんじ》のアパートの向かいのスナックじゃ、アラン・ドロンがボーイをやってる」

「そう言えば江古田《えごた》の八百屋でチャールズ・ブロンソンが大根を運んでいた」

「夕刊を読んだか。京都でアンソニー・パーキンスが京都女子大の生徒をモーテルへつれこんだ。出てきたところを袋叩《ふくろだた》きにされて、一か月の重傷だ」

「ふうん。じゃあ、国外追放だな」

「もちろんだ」

「日本人の女なんて、現金なもんだな。最初は外国の著名人を見て騒いだが、今じゃ見向きもしない。始めのうちは外国の有名俳優を端役《はやく》で使っていた映画やテレビも、国内タレントの出演拒否や政府の圧力がこわくて、二か月前からまったく使わなくなってしまったものな」

「でも、エロダクションじゃ、まだ使ってるぜ。この間ショーン・コネリーとボンド・ガール総出演のポルノを見た」

「そりゃまあ、外人の人件費は安いからな。でも、本来の職業で稼《かせ》いでる連中はまだしあわせさ。たいていはルンペンで、持ちこんできた財産だけで食いつないでる。奴さんなどは」後藤が顎でカルダンを指した。「デザインという特殊技能で食えるからいい」

「コールドウェルとモラヴィアが、うちの社に、コラムを書かせてくれと言ってきたそうだ」

「週刊誌じゃ、カポーティやメイラーに色ページの雑文をやらせてる。それからアーサー・ミラーはポルノ映画の脚本を書いてるそうだ。ボーヴォアールも中間小説雑誌にすごいエロを書きはじめた」

おれたちはくすくす笑いながら喋り続けた。物価高や酒不足はこたえるが、記事や、酒の肴にする話題にこと欠かなくなったのはまことにありがたい。

ステージで、リヒテルとケンプがFly me to the moonの連弾をやりはじめた時、血相を変えたブレジネフがボーイの制止もきかずに店へとびこんできて、ニクソンの横のボックスにいたコスイギンに何ごとか耳打ちした。

コスイギンが、さっと立ちあがってニクソンを睨《にら》みつけた。「月面のソ連基地を、アメリカの宇宙飛行士たちが襲って占領したという報告が入った。あなたの命令でやったことか」

ニクソンは顔色を変えた。「わたしは知りません。そんな命令、出せる筈《はず》がないでしょう。通信はずっと途絶えてるんだ。地球がこんなことになった以上、月面にいる基地設営班はこっちへ戻ってこられる見込みが永久になくなったんです。だからわたしたちはアメリカから避難する直前、彼らと交信して全員に因果を含めておきました。彼らの行動は、もうわたしとは無関係です」

「無責任なことをいうな。衛星船経由でいくらでも司令できた筈だ。だいいち、宇宙船が地球へ戻ってくることだって、できる筈だ」

「どこへ着陸するっていうんですか。日本はどこもかも人間でいっぱいで、そんな場所はありません。これは日本の常識です。あなたの方は、どうやって戻《もど》ってくるつもりだったのです」

「伊勢《いせ》湾へ着水するよう、いってあった」

「アメリカの宇宙船には、着水装置などという原始的なものはない」

「原始的とは何ごとだ。わかったぞ。連中、命惜しさに、着水装置のあるソ連の宇宙船を奪おうとしたな。責任をとれ」

「無関係だと言った筈だ」

「卑劣な」コスイギンがニクソンにおどりかかった。

制止しようとしたキッシンジャーに、ブレジネフがとびついた。激しい揉《も》みあいになった。今度はもう、誰もあまり驚かず、また始まったかという顔つきでぼんやり眺めている。

「アメリカもソ連も、残る領土は月面しかないというわけか。だけど月面の取りあいをしたって、どうせ今後何十年か、行けっこないのにな」後藤が溜息をついた。「日本が宇宙基地を作り、宇宙船をとばすのは、まだまだずっと先だ」

「でも、外国の宇宙科学者たちも、少数は日本へ来てるんだろ」

「ごく少数だ。科学者なんて貧乏だからな。だいいち日本は今、宇宙どころか、食糧があと何年続くかの瀬戸際なんだぜ」

「いよいよ人間を食うことになるか」

おれがげっそりしてそうつぶやいた時、バーテンが首をカウンターの向こうから突き出して、おれたちにささやきかけた。「今、ラジオで聞いたんだけど、若狭《わかさ》湾からドイツ軍が上陸してきたそうですぜ」

おれたちは顔を見あわせた。

「今度はドイツ軍か」

「東ドイツならたいしたことはないが、西ドイツの軍隊だと、ちょっと厄介《やっかい》だぞ。まあ、舞鶴《まいづる》に地方隊と第三護衛艦隊がいるが」古賀は立ちあがり、おれに訊ねた。「ところでこのニュースは政治部かね、社会部かね」

「両方だろうがね」と、おれはいった。「でもおれは非番だから」

「そうか。じゃ、おれはちょっと社へ行ってくる」古賀は店を出て行った。

「今で約五億人だ」と、後藤はいった。「こんな小さな島に、それ以上入れるものか」

「でも、沈没前の世界の人口なら、淡路《あわじ》島にぎっしり詰めこんだら何とかおさまるって話だったぜ」

「それは全員が直立している場合だ。無茶を言うな。それに人間だけじゃない。北海道にはトドの大群やシロクマがやってきた。九州にはネズミの大群が上陸した。その上日本全国どこもかしこも鳥だらけだ。渡り鳥だけじゃない。ハゲタカの大群までやってきている。農作物の被害が大変だ」

「トドは食えるだろう。鳥だって食えるのがいる」

「そりゃあまあ、餓えればネズミだって食うだろうがね。だけど五億人だぜ。何年食いつなげると思う。あちこちで食糧の奪いあいが起ってる。昨日も缶詰《かんづめ》を買い占めた商社が焼き打ちされた」

「それに水温の急変で、魚が大量に死んだからな。魚を食う水鳥まで餓死している」

「おかげでこれ以上、汚染魚を食わなくてもよくなったが」後藤はじっとおれの顔を見つめた。

「お前の顔も、ずいぶんひどくなったなあ」

そういう後藤の顔だって、吹出物で満艦飾である。「汚染されてるのは魚だけじゃないものな。今じゃ食いもの全部にいろんなものが含まれている」

「ひどい。まったく日本はひどい」ヒースが立ちあがってわめいた。酔っぱらっていた。

「こんな国は、国連が統治すべきだ」

「何言ってやがる」ローマ法王と飲んでいた日本人官僚が立ちあがり、怒鳴《どな》り返した。

「そんなことされてたまるか。だいいち、今じゃ国連加盟国は日本だけじゃないか」

マネージャーがステージの方へ行き、リヒテルとケンプに何ごとか耳打ちした。ふたりはあわてて曲を「十三夜《じゅうさんや》」に変えた。日本の曲をやれと命じられたのだろう。

「毎朝」の政治部記者の上野《うえの》がやってきて、古賀のいた席に腰をかけた。「えらいことだ。あっちこっちで密入国が始まってる。撃ちあいがあって、海岸はどこもかしこも血の海だ。自衛隊が、こんなことで役に立つとは思わなかったな。自衛隊はまったく、よく頑張《がんば》ってるよ」

「ほら、また自衛隊のPRが始まった」後藤がくすくす笑った。

「自衛隊のPRをして何が悪い。さんざお世話になっておきながら」上野はむっとして、水割りをがぶりと飲んだ。「今日も楽しく飲めるのも、兵隊さんのおかげです」

イスラエルのシャザール大統領が、拳銃《けんじゅう》を持ってとび込んできた。「ユダヤ商会が次つぎと焼き打ちされている。ここにアラヴのやつはいるか。いたら前に出ろ。片っ端からぶち殺してやるぞ」

レバノン、サウジアラビア、ヨルダン・ハシムなどアラヴ諸国の国王や大統領がいっせいに立ちあがり、わっとシャザールにおどりかかって、たちまち拳銃をとりあげてしまった。はげしい揉《も》みあいになった。

「ユダヤ人が米を買い占めたからだ」

「こいつめ。はなせ。はなせ」

「テルアビブのことは忘れていないぞ」

店内三か所での乱闘は、いつまでも続いた。「今夜はいつもより、だいぶ騒がしい」後藤が眉《まゆ》をひそめた。「だんだんひどくなるな」

田所博士がぐでんぐでんに酔っぱらって入ってきた。ネクタイをだらしなくゆるめ、腕までまくりあげたワイシャツは埃《ほこり》に黒く汚れていて、髪はばさばさ、顔一面を油でぎとぎとに光らせ、片手にはコーヒーの缶を持っている。

「田所博士」後藤が驚いて立ちあがり、田所博士に駈《か》け寄った。「どうしたのです」

「諸君。日本はもうすぐ終りだ」田所博士が大声で叫んだ。「もう政治機密にする必要はない。地球は、いや、人類はおしまいだ」ぐだぐだぐだ、と田所博士は床にくずおれ、さらに何ごとかをぶつぶつとつぶやいた。

店内の客が、いさかいを中断して博士の周囲に集まってきた。

「博士。博士。はっきりおっしゃってください。その後何か、新しい発見があったのですね。新事実の発見が」

「あった」後藤の問いに、博士は答えた。「わたしは、気団の動きとマントル対流の相似性に気がついたのだ。その結果、日本列島が中国大陸に乗りあげたのは、ほんの一時的な、過渡的現象に過ぎないことがわかったのだ。諸君。今のうちに酒を飲み、小便をしておいた方がよろしい。太平洋側のマントル塊の対流相が急激に変化しておる。つまり太平洋からの圧力が減少するのだ。するとどうなるか。大陸地塊が太平洋めがけて大きく傾くのだ。すると、その上に乗っかっておる日本列島はどうなると思う。当然傾いて、ずるずるっと太平洋の中へすべりこんでしまうのだ」

「浮きませんか」

「馬鹿《ばか》。浮くものか」

各国元首が騒ぎはじめた。

「それではまるでシーソー・ゲームではないか」

「これはブランコですか」

「その通り」田所博士はげらげら笑った。「大昔から地球上の陸地なんてものは、常にシーソー・ゲームやブランコをしているような状態であり、その上に住んでいる人類なんてものは、本来ならばこれほど種族としての寿命を保てた筈のないあやふやな存在だったのだ。はい。これでお仕舞い」ばったりと俯伏《うつぶ》せに倒れた。

後藤が博士を抱き起した。

「死んでいる」

おれは立ちあがり、カウンターの隅へ行って受話器をとりあげた。

その時、店全体がぐらりと傾いた。カウンターにいた連中が将棋倒しになっておれの方へ雪崩《なだ》れてきた。店のあっちの端にいた連中が、テーブルやソファを抱きかかえたまま、ずるずるとこっちへ滑ってきた。

「OH」

「噯呀《アイヤ》」

「HELP」

「助けてくれ」

客全員が、五十度ほど傾いた店の片側の壁に押しつけられた。おれはカウンターにしがみついた。グランド・ピアノが走り出し、カウンターをぶち壊し、おれを勢いよく壁ぎわまで押しやり、ぎゃろぎゃろんという音を立てておれの腰骨を粉ごなに打ち砕いた。
その時、店内の電灯がいっせいに消え、ただ一か所の入口から轟々《ごうごう》たる水音と共に、破裂するような勢いで海水が流れこんできた。

原典「日本沈没」のパロディ化を快諾下さった小松左京氏に厚く御礼申しあげます。

（作者）

経理課長の放送

って言ったって素人なんだから無理でね。だからせめて十二時頃《ごろ》まで、正午まで、それで勘弁してくださいよ。正午までならなんとかもたせますから、せめてそれぐらいで勘、え、もうマイク入ってるんですか。え。あ、あの失礼いたしました。えと、あのIBC、無限放送、あのラジオ無限です。おはようござ、あの、えと、千二百五十キロサイクルでお送りしております。ただいま時刻はえと、十二時三十、あ。あのちょっと、ちょっとすみません今何時ですか。この時計とまってるんですけど。は。六時二十、えと、ただいまの時刻は六時二十三分だそうでありま、え、え。あ、失礼いたしました。さらにその時計が二分遅れているそうであり、は、そうですか。えと、二分ほど遅れている筈だそうであります。それ、それではえと、次は、朝、朝のおはよう音楽の時間です。今朝今朝はえと、えとケッヘル作曲の五十番という曲で、バスティエンとバスティエンヌとモーツアルトというタイトルの音楽です。

あの、まだですか。えと、ちょっとお待ちください。今レコードをさがしているそうです。もう少々お待ちくださ、あ、あったそうです。

失礼しました。違うレコードがかかってしまいました。只今《ただいま》のレコードはその、なんといいますかつまり、汽車が衝突する効果音のレコードでした。朝のおはよう音楽を終ります。お騒がせしました。馴《な》れないものでどうもあの、申しわけありません。わたくしそのアナウンサーをやるのは初めてでして、それからあの、レコード係の人も今日初めてで。あの、あの、朝のニュースです。あ、これあの七時のニュースです。まだ七時になっておりませんが、ほかに原稿がないので。あ、その前にこのテープをちょっと、聞いてください。

失礼いたしました。同じCMを十六回もやってしまいましたが、テープがあのエンドレスだったもので、停めかたがあの、テープの係の人が馴れないものでその。お待たせしました。朝のニュースです。まず国内関係のニュースから。政府は十日、秋に開かれる国連総会にそなえ、関係各国との経済状態の再調整に取り組むことを決定しました。このためまず首相が、内縁関係の妻愛子《あいこ》さん三十二歳、長男正秋《まさあき》くん十一歳、長女の喜《き》久江《くえ》ちゃん六歳を撲殺し、自らも首を吊《つ》ったものと見られていますが、この日はちょうど第六回横断歩道愛好者協会の総会が開催。失礼いたしました。原稿がばらばらで、あの馴れないもので。えと、ニュースを終ります。担当は馬津《うまづ》でした。ばさ。ばさ。ばさ。しばらくお待ちください。えと、株式市況ですが、あの原稿がどこへいったか。ばさ。ばさばさばさ。ちょっとねえ、あなたもさがしてくださいよほんとに。ばさ。ばさばさばさ。お待たせしております。えと、あの、不手際であの、申しわけありません。実はあの、事情を申しあげますと、えとですね、無限放送の職員の、あのストライキで、あの全員休んでおりまして、アナウンサーも誰《だれ》もいませんので、あの、わたしがアナウンサーをやっておりわます。それであのスイッチの方も、あのレコード係もみんな、あの組合員でない、えと部課長や重役があの、やってまして。あった。ありましたか原稿。お待たせしました。株式市況です。特定銘柄から。えと全然石油一円百三十八円高、えと舵《かじ》の素《もと》四円三百二十九円安、えと、えと便通変らず二百六十三円高。え。え。あ、失礼しました。逆だったそうです。あの終値とあの比較と逆でした。続けます。丸越三百六十五円二円高。えと、あの松沢薬品出来ず、であります。次の原稿。早く。早く次のない。ないんですか。今そこにあったでしょ。ありませんか。失礼いたしました。株式市況を終ります。担当は馬津でした。続いて、次は、なんですか。ああ。続いて時報です。

えと、ただいまの時報は、正確に七時十二分四十五秒きっかりであります。えと、あの次はあの、天気概況の時間ですが、その前にCMをどうぞ。あの。

どう説明したらいいんですか。困るじゃないですか本当にもう。どういったら。え。マイク入ってるの、えとあの、非常におわかりになりにくかったと思いますが、只今のCMは追楽航空のコマーシャル・ソングでした。テープが逆回転を、その。テープの担当があの、実は人事課長で、あの機械にあの、不馴れで、さっきから失礼ばかりしております。それであの、仁徳製菓のお送りする天気概況で、えと今日はだいたい晴です。えと、あの少くともあの、わたしが家を出る時は晴れておりましたが、その。えと天気が、あの崩れましたらその時はまたあの、ただちにお伝えを。それであの、天気概況を終ります。次はまたCMでして。

えと。あのまた逆回転でしたが、今のは昇天製薬のCMソングでした。おわかりにならなかったことと思います。それであの、あの今度は原稿のあの、原稿のある海外ニュースの時間ですが。えと中央アフリカの大統領トビンシャ氏は今訪日中で。

ってね、だってそうでしょ。そんなひど。

ってないですよ。だいたい、ひとに一時間以上も喋《しゃべ》らせておいて、なぜお詫《わ》びをわたしがしなきゃならな。え。え。もうなおったんですか。え。マイク入ってるの。あ。えと失礼いたしました。あの一時間以上も放送が中断いたしましたが。これは営業課長いえ、あのスイッチ係のミスで、間違えてスイッチを切ったまま気がつかなかったという。お詫び申しあげますが、これはあのわたしも被害者で、わたくしは放送されているものと思ってですね、一時間以上喋り続けていたので、あのわたくしのミスではないのです。ひどい話でして、あのお詫びはしますが、なぜ営業課長いえ、あのスイッチ係のミスをですね、わたしがお詫びしなければならないか。だいたいですね、その、はい。はい。はいはい。わかりました。もうやめます。もう言いません。はい。あの、個人的感情に走りましたことをお詫びいたします。あのお聞き苦しかったことと。あの今専務からたしなめられて、あの反省を。えと、お許しください。次は、音楽鑑賞の時間のテーマ・ソングを放送する時間であります。

まだ見つかりませんか。早くかけてください。えと、あのレコードを捜しておりますので、もう少々お待ちくだ。あ、あったそうであります。

ゃないですか。どうするんですかいったい落語なんかかけて。あ失礼。えとあの、少し違いましたが、レコードが見つからなかったので別のレコードをかけたそうでありまず。音楽鑑賞の時間のテーマ・ソングの時間を終りまして、次は音楽鑑賞の時間であります。展福海運がお送りする音楽鑑賞の時間、えとあの今朝は、朝刊のラジオ欄によりますと、メンデルスゾーンのヴァイオリン協奏曲ホ短調ということになっておりますが、このレコードがどうせまたないかもしれませんので、その時はまたあの別の曲が、どうせあの、かかると思いますので前もっておことわり、え、え。あった。この曲があったんですか。あっ、あのあったそうであります。はは。メンデルスゾーンのこの、ヴァイオリン協奏曲のですね、ホ短調があったそうです。は、ははは。ありました。あったんですよ。は、はははは。では、お願いしましょう。

はい。かけてください。

まだかかりませんか。え。

かけるのに時間がかかっております。もう少々お待ち。あ。はい。できませんよ、そんな。原稿なしでやれったって、無理。

ったらいいじゃないですか。え。時間がかか。

失礼いたしました。レコードをかけるのに時間がかかるそうで、その間、三分ほど解説をやれというカードを見せておりますが。はい。はい。えと解説をあの、やりますが、わたくしこの曲のことはよく知りませんので。クラシックはですね、あの二、三曲ぐらいしか。あの中学生時代に、音楽の好きな友人がいまして、その影響でまあ少し好きになったことがある程度で、最近ではもう、どちらかといえば都々逸を。えと。えとあのこれはそのメンデルスゾーンのヴァイオリン協奏曲ですね。ホ短調ですね。ホ調の短い曲ですね。えと。それでこのメンデルスゾーンというこの、ヴァイオリンを弾いている人のことですが、メンデルスゾーンが生まれたのは、これはもう、ずっと前で、いつごろかというと、つまり、だいぶ昔ですね。で、生まれたところは、もちろんあの、あのヨーロッパ、そうです、もちろんヨーロッパですね。ヨーロッパのその、どの辺かといいますとあの、あのヨーロッパのあの、あのあの、あのメンデルス地帯の、あの父の家でして、なぜ父の家で生まれたかというとあの、あのお母さんがいなかったからではないかという、これはあの臆測《おくそく》、臆測でして。それであのメンデルスゾーンは生まれてすぐにあの、あの大きくなって、天才になりました。音楽の天才で、これはもう実際に、誰がなんといおうと天才で、絶対にそうであったわけでして。え。は。ああ、レコードがかかるそうです。もうすぐかかります。今、かかりますので。はい。はいっ。かかりました。これがメンデルスゾーンのヴァイオリン協奏曲ホ短。あっ。この曲なら知ってる知っています。ほらっ。チラーラ、チラーラ。ラチラリララー。このメロディがつまり、テーマなんです。そうです。思い出しました。さっきですね、あの、中学生時代に二、三曲好きになったといいましたけど、そのひとつがこの曲だったんですよほら、またきました。チラーラ、チラーララチラリララー。今度は合奏ですね。さっきのはヴァイオリンの独奏でしたけどね。そう。思い出しましたよ。さっき、音楽の好きな友人がいたってことお話ししましたけど、そいつとふたりでよくこれを歌ったもんです。いや、思い出してきました。あの頃はねえ、この曲全部、口で歌えたんですよ。レコードがすり切れるくらい何度もかけましてね。全曲憶えたんですよ。はは。ははは。は。そしてあの、近所にいた女学校のあの、女生徒を、ふたりとも好きでしてね。その子の話ばかりふたりで。あ、ここのところ、ここがいいんですこれはですね、クラリネットなんですよ。これはその、第二のテーマでね、ピアニシモでね。そう。ピアニシモ。ピアニシモです。はは、ははははは、わはは。ほらっ今度はヴァイオリンが真似《まね》して今と同じことをやります。やり出しました。独奏ですね。やっぱりピアニシモですね。これが終ると次にまた第一のテーマになります。そう。なるんですよ。そらきたっ。チラーラ、ラチラリラー。ここは展開部ですね。そ、そうっ。展開部。思い出しましたここは展開部ってやつなんですよははは。はは。わはははははは。そしてこの第一楽章はね、なんていうか知ってますか。第一楽章はね、アレグロ・モルト・アッパッショネートっていうんですよ。わは、わは、はははは。そしてこの展開部の次が再現部。そう再現部ですね。は。再現部にもまた、第一のテーマが出てきますよ。フルートとクラリネットがね、ピアニシモで出てくるんですよ。そらっ。チラーラ、チラーラ、ラチラリラー。ぞくぞくしますね。いい音ですね。すごいですね。はいっ。今やってるのが第二のテーマ。これをもう一度ヴァイオリン独奏でくり返しますとですね、その次が、最後のクライマックスですよ。聞いててください。ほらきたっ。チラーラ、チラーラ、ラチラリラ、ラー。すごい。すごい曲ですね。メンデルスゾーン、天才ですね。涙が、出て、き、きましたね。はは。

はい。これで第一楽章終り。次は第二楽章です。始まりました。だけどこの第二楽章には、あのチラーラ、チラーラってテーマは出てこないんですね。わたしは第一楽章しか憶えていませんし、で、ご退屈でしょうから昔の、わたしの学生時代の話、もう少しさせていただきますけど、わたしの、あの音楽好きの友人といいますのが福井《ふくい》といいまして、この福井君とわたしが一緒に好きになった女学生っていいますのが山本幸子《やまもとさちこ》、聖光威女学院に通っていた女学生で。はは。ははは。山本幸子という名前、口にしただけで胸が、ははは、ときめきますわ。はは。年甲斐《としがい》もなく。はは。で、もしかするとこの放送、その山本幸子、聞いてるかもしれません。福井君も聞いてるかもしれません。いろんな人が聞いてるんでしょうなあ。もちろん女房も。あ。女房も聞いてるんでしたな。ははは。あの、それであの、女学生を好きになったからといってもですね、別にその今の若い人みたいに、えと、そのあの、フ、フリーセックスですか、とんでもない。そんなこと、とんでもないことでした。はい、これはもう神かけてあの。だいたい手さえ握ったことも、あの口さえきかなかったんです。ただその彼女がその学校からその帰るのを待ち伏せ。あの待ち伏せといってもあの、そんな変なことをするつもりは全然その、襲うなんてそんな、とんでもない。そんなことしたら感化院。ただその、ラヴレターを渡そうと。いえあの、ラヴレターといったところでたいしたことはない。だいいちその、あの結局渡す勇気さえなくて渡さなかった、これは本当。はい本当です。信じてください。あの、それでまあ、個人的なことはやっぱり、いろいろさしさわりが。あの今やっておりますのは第二楽章で、いずれ終りますから、ご退屈でしょうがお聞きください。それからあの、その次にたしか第三楽章もあったと思いますがこれもお聞きくださいご退屈でしょうが。それであの、あ、はい、第二楽章が終りました。次は第三楽章で。えと、ああ、今レコードを裏返しておりますので今しばらくお待ちくだ。は、どうした。どうするんですよ。そんなひど。

われますよ。そんな説明したら笑わ。

レコードを落して、壊したそうでありますので、えと、第三楽章を省略させていただきます。音楽鑑賞の時間を終ります。担当は馬津でした。あの、次、次はなんですか。え。誰かもう交代してくれませんか。もう疲れたんですけ。

って昼飯もまだ食。

れじゃ約束が違。

えと、ただいまの時報は、一時、一時ごろであります。次は、原稿のある番組。えと。ばさばさ。ばさばさばさ。次はお昼の訪問。

すね。せめて昼飯を注。

い。はい。ざるそばで結。

あの、お昼の訪問でありますが、その前にCMを。これもどうせきっと逆回。ははは。ははは。また逆回転でしたが、今度は何のCMかわかりましたか。今のは待下電機のCMだったんです。きっとおわかりにならなかったでしょうね。ははは。は。えと。お昼の訪問。今日は静かな郊外にある、えと中見世地蔵堂先生、鳥の研究で有名な中見世地蔵堂先生のお宅を、わたくしが訪問するという形の台本がここに、いえあの、わたくしが訪問するわけで、訪問いたしました。今あの、郊外にある駅から郊外の道をその、先生のお宅の方へ近づいておりまして、するとだんだん木が多くなってきて、鳥が鳴いております。つまりこの辺は鳥が多いわけで。鳴いております。擬音。早く擬音。

にしてるの。早く早く擬音の鳥の。

ほらっ。鳴いておりますね。スズメ、メジロ、それからウグイスの声も聞こえます。ホトトギスの声も聞こえますね。鳥たちはみんな先生を慕ってこの辺へ集まってくるのだそうです。ほら。だんだん鳥の数がふえて、もう、鳥の声はやかましいほど。

き過ぎるよ。しっ。ヴォリュームさげて。早く。だいたいこれ、小鳥屋の効果音じゃないか。早く。大き過。

ど、どんどん大きくなりますね。周囲にむらがる鳥の声は、今や耳をつんざくばかり。わ、わたしの肩や頭上には、鳥がいっぱいとまって泣き叫んでおりまして、肩にはヒバリとカケス、頭にはえと、そのハゲタカがとまっておりまして、頭上はるかには、あの、ツルと、あのサギと、あのカラスとトビが、それからあのヨタカと、それからあの、あのトキの大群が舞いくるい、あの、ちょっと。

きくなるばかりじゃないですか。小さくならないの。テープ。え。故障。そんな。あっ今のはニワトリでありまして、わたしの手にしておりますマイクにとまって鳴いたのでありまして、もはやわたしの周囲はまっ黒になるほどの鳥の群で。ちょ、ちょっと、すみません。とめて。やめてくだ。み、耳。耳ががんがん。鼓膜が破れ。た、助け。

あの。やっととまりまして、いえあの、静かになりまして、これはつまりわたしが先生のお宅に着いたという、つまりその。

来てない。どうして。まだ。困るよ。どうするんですか。え、局の前まで、玄関まできてるの。入れてくれないって、そんな。どう言ってごまかせばい。

えと、あのですね、今わたくしは豪勢な広い客間に通されておりまして、先生をお待ちしておりますが、先生はまだその、寝ておられまして、まだ出てこられませんので、もうしばらく待たされることに、あの。なんとか早く、先生つれてきてくださいよ。あの、早くね。えと、あの家の人のお話では、このお部屋の前にその、あの組合員があの、あのピケを張って、ゲストを通さないそうで、おかしな話ですが。変ですね。ははは、は。どうしてでしょう。あ、この擬音、何。

ですか何ですか何ですかこの音。早くとめてくださいよ。は。テープが勝手に。とまらない。困りますよ、そんな、困りま。

えと、あの、その雨が降り出したようですね。はは。あ、雨の音がだんだん大きくなりますが、あ、これはすごいですね。集中豪雨ですね。あ、これは雨ではないですね。もうこれは滝ですね。あ、あの先生の、閑静なお庭には滝がありまして、これはその音。あ、すごいですね。巨大な滝です。あの、縁側の一メートル向こうを巨大な滝がこの、轟々《ごうごう》と流れ落ちておりま。マ、マイクを近づけて見、こ、これは。やめ、やめてくだ、耳。つんぼになります頭が。助け、助けて。

あっ、あの、やっと静かに、おや、この音は、今度は何ですか。何でしょう。ねえ、いい加減にしてくださいよ。え。どうにも。

ないって。そんならテープの電源切っ。

マイクも一緒に切れるって。そんな。

えと、あの、聞こえてまいりましたのは、あの、あの三味線ですね。はい。芸者さんの声も聞こえておりますね。えと、あの、どうしてかよくわかりませんが、宴会がはじまったようでありまして、これはあの、中見世先生がその、わたくしを歓待してくださるためにあの、芸者をいっぱい呼んでくださっているわけでありまして。あ。男の人で、すでに酔っぱらって大声をあげている人がいますね。誰でしょう。誰だかわかりませんが。あ、芸者に何かいたずらしたようですね。芸者が悲鳴をあげておりまして。そら、だんだん座が乱れてきたようですが。あの、うわ。どんちゃん騒ぎになってしまいまして、こ、これはすごい。頭ががんがん。ひや、助け、助けてくれ。助けてくれ。もう、逃げ。

ええ、どんちゃん騒ぎばかりを、約三十分以上にもわたってお送りしましたことをお詫び申しあげます。やっと静かに。はは。お昼の訪問の時間を終ります。担当は馬津でした。ところで。

るそばまだ来ませんか。え。今、持ってきた。じゃ、こっちへください。ざるそばぐらい。ちょっと食わしてくだ。

丈夫、音を立てないように食べま。

次はあの、お昼の歌謡曲であります。えと今日は「アラビヤの歌」「君恋し」「東京行進曲」「モン巴里《パリ》」「女給の唄」「丘を越えて」以上の、ひいふうみ、六曲を、続けてお送りします。えと、あの、古い曲ばかりですが、これはあのレコード担当のあの、総務部長がお選びになったものでありますから。えと、それではまず「アラビヤの歌」から。

ずるずるずる。ずる。え、もう終ったの。ずるっ。ごほ、ごほごほ。な、なぜ。だってまだ一曲しか、ごほごほ、やってないじゃ、ごほ、は、鼻の穴に、ごほげへ、そばが、ごほげへごほ、げへっ、ごほっ、ごっほーん。ごっほーん。はっくしょん。ああ苦しかった。失礼。

ってまだ半分も食ってないんですよ。そばぐらい満足に食。

かりました。わかりましたよ。やりゃいいんでしょ。あ、失礼いたしました。レコードが一曲しか見つからなかったため、あのお昼の歌謡曲はあの、終ります。担当は馬、え、これ何の原稿。え。はい。えと、交通情報の原稿でありまして。あ、その前にまた、例によって逆回転のコマーシャルであります。はは、ははは。なおった。なおりました。今度は逆回転でないCMが出ました。よかったですね。本当によかった。はは、ははは、わはははは。さて次に交通情報でありますが、えと、あの、このビルのありますところは菊富士《きくふじ》町三丁目の交差点でありまして、あの、さっき常務が屋上へ出て見てきたところによりますと、菊富士三丁目交差点は、東行きが五メートル、それから西行きが十メートル、ということは、あの文房具屋か増田《ますだ》屋のあたりですな、えとあの、停滞していたそうであります。交通情報を終ります。担当は馬津でした。ただいまの時報は三時十三分前を少し過ぎたところだそうであります。次はあの、新聞のラジオ欄では、時事放談「公営ギャンブル是非」となっていますが、ゲストの先生がたがまだお見えになっておりま。え。こないって。どうするんですかそれじゃ。困るじゃないで。

　えと。あの、実は組合員が局の前にピケ・ラインを張りまして、このスタジオにあの、ゲストがくるのを阻止しておりまして、ゲストの人がみな玄関で追い返されて、怒って帰ったそうでありますので、あの、時事放談はあの、中止させていただきますけど、これはみんなその、組合員が悪いわけでして、そうです。組合員が悪いのです。それであの、その次はあの、邦楽鑑賞の時間で、えと。ばさばさ、ばさばさばさ。すみません、ちょっと原稿さがしてください。今そこに。あの、それからお茶もらえませんか。のどがからからで。あ、水でもいいです。ばさばさ。ありました。えと、今日は俗謡だそうでありまして、えと、「トンヤレ節」「ギッチョンチョン」「猫《ねこ》じゃ猫じゃ」「しょんがいな」であります。これを続けてお送りします。これはあの、専務がお選びになったものでありまして。あの、水、まだですか。あ、どうも。

ぶほっ。こ、これは酒。あ、あのすみません。このコップに酒が入ってるんですがね。どうして水。

いんです。え。断水。そんな。わたしは酒飲めな。

ードもだめ。そんな馬鹿。

あの失礼しました。えと、あの実情をですね、あの申しあげます。えとあの労組の連中が、わたしがこの放送をやっているので局内へあばれこんできてですね、レコード室を占拠したそうでありまして、ですからこのレコードをおかけすることができません。これはすべて労組の責任でして、これからあともずっとレコードを、あの、おかけすることができないと、ど、どうなるんですか。レコードだめ、ゲストもこない。それじゃ、わた、わたしはどうなる。わたしひとりで何か喋り続けなけりゃならな。そ、そんな無茶。まだ飯もろくに食。もう帰らせてくだ。拝んだってだめですよ。帰ります。わたしゃもう帰る。

かりました。わかりましたよ。やりゃいいんでしょう。いったい何やるんですか。レコードがないんじゃ、やりようが。

目ですよ。お前歌えったってね、わたしゃ歌なんか全然。駄目《だめ》で。

んなあなた、しらふで。

りますよ。やりますよ。すぐに人を脅すようなこ
では邦楽鑑賞でありますが、その前にまたCM。わ。今の音、な、なんですか。え。

なんで。

テープ・レコーダーが爆発いたしまして、CMをお送りできなくなりました。あの、今修繕しておりますが、あれではどうも、もと通りには、まず、ならないだろうと、その。では、俗謡をその、レコードがありませんので、わたくしに歌えということでして、馬津宏一《こういち》のその独唱でお送りしますが、その。ちょっと失礼して、のどをその、しめしますので。げほ。ごほげほ。あ、失礼。えと、「トンヤレ節」、これはわたし歌詞を知りませんので。「ギッチョンチョン」これも知りませんな。「猫じゃ猫じゃ」これなら少し。酔っぱらいの親父がいつもその。ではこれをあの歌いますが。ちょっと失礼、もう一度のどをその。ごく。げほっ。ごほんげほん。ごほ。えへん。失礼。では馬津宏一の歌で「猫じゃ猫じゃ」を。おほん。

猫。失礼。ちょっと声が高すぎましたようで。はは。猫じゃ。おほん、おほん。失礼。どうもいけませんな。では。猫じゃ猫じゃとおっしゃいますが、猫が、猫が下駄《げた》はいて杖《つえ》ついて絞りの浴衣《ゆかた》でくるものか。ア、オッチョコチョイのチョイチョイと。ははは。では二番を。えへん。蝶々とんぼや、きりぎりす、山で、山でさえずるのは松虫鈴虫くつわ虫。ア、オッチョコチョイのチョイチョイと。ははは。失礼。中途で調子にの

りすぎましてマイクを倒しました。えと、次は「しょんがいな」これは知りません。かわりに、それでは、都々逸をひとつ。えへん。チ、ツン、チンツトン。ませた舞妓《まいこ》は木履《ぼくり》の鈴を、とってほしかろ、しのび逢《あ》い、と。ははは。失礼。では都々逸をもうひとつ。チ、ツン、チンツ。え。なんですか。え。なんだつ。

すか。わかりました。わかりましたよ。ええ、只今、聴取者のかたから、わたしに歌うのをやめさせろという電話が、いっぱいかかってきたそうであります。頭痛がする、飯がまずくなる等、たくさんあって、そのため局のヒューズがとんだそうで。どうも、わたしの歌がまずかったようで。申しわけありません。声が悪いですからね。すみません。歌いたくて歌ったわけじゃありませんので、お許しをその。でも、なぜ、なぜその、わたしがお詫びしなければならないのか。あの、そりゃ、わたし、自分がへたということはよく承知。それ、それを、やれやれといってやらせたのはその。わたしは何もこんなことしなくてもいいのに。その、労組のストのために。社、社長命令。わた、わたしは板挟《いたばさ》みで。もうこんなことは。おまけに聴取者から文句いわれて。何も電話までしなくったって、わたしの歌が嫌《きら》いなら、ス、スイッチ切ればいいんで。いつも、いちばん損を。わ、わたしはく、く、口惜《くや》しくてね。組合員のやつらはいいですよ。困るのはわたしで。わたしだって重役じゃない。け、経理課長というだけ。家には女房と、娘と息子がひとりずついるというのに、声がいいからとかなんとかおだてられて、その実、社長命令。なぜアナウンサーの真似なんかしなきゃいけない。性《しょう》にあわないのに。放送し続けて穴をあけるなといわれて、否応なしです。喋り続けなきゃならない。わたしだってストをやりたい。組合員じゃないというだけで、ちっともいいことがないじゃないか。給料だって人気のあるアナウンサーの方がずっと。く、くそ本当にもう。わた、わたしゃもう、い、い、いやだ。う。ううう。うう｜。う｜う｜う｜。皆から、う｜う｜。笑わ、笑われて。う｜う｜う｜。

約三分間、放送がとぎれましたことをお詫びいたします。あの、お聞き苦しかったこと、あの、泣き上戸《じょうご》で、えへん。それであの、歌はもう絶対に歌いませんのでご安心を。もうあの、いくら頼まれたって。はい、だいたい組合員がレコード室を占拠したから悪いので。一種の暴力ですからね。だけど暴力のいちばんの被害者はわたしでして。実際腹があの、立ちます。組合員の中にはわたしの部下もいるんですから。部下がですよ、上役をこんな苦しい目にあわせるなんて、昔はこんなことはなかった。そう。こんな暴力をですね。上役に振るうなんて、わたしの若い頃、つまりそのわたしが新入社員だった頃なんかまったく、考えられもしないようなその。わたしが新入社員だった頃は上役を尊敬していて、いえそれは今だってそうですけど、そりゃまあ、蔭で悪口をいうくらいは、これはまあ誰だってそうで、わたしだけじゃないんですが、わたしは比較的上役の悪口は言わない方で、たいてい同僚がいう悪口にあいづちを打つ程度で、だいたい上役に面と向かって悪口をいうなど、とんでもないことでしたな。叱《しか》られたりしようものなら、二、三日は飯ものどに通らず、たまに褒《ほ》められでもしようものなら、もう嬉《うれ》しくて、その晩はふとんに抱きついてくすくす笑ったりですね。それが今の若い連中ときたらどうです。入社してきて何もわからない癖に、上役を尊敬するという気持がまったくない。間違いを叱ると、なぜ早くそれを教えてくれなかった、あべこべに食ってかかる。部下のできない計算をわたしがやって見せるとですね、さあすがァ、とか何とかいって、わたしの背中をどーんと叩《たた》くんですな。こりゃあもう尊敬しとるんじゃない。馬鹿にしとるんです。軽く見とるんだ。なぜわたしが、そんな若僧に軽蔑《けいべつ》されなきゃならん。なぜもっと人を敬わんか。根性がひねくれている。たまにわたしが褒めてやると、あべこべにわたしの肩をとんとん叩いて「ま、いいからいいから、そんなに人気とりしなくても」な、なんていい草ですか。いつわたしが人気とりをしたか。人を馬鹿にするな青二才の癖に。なんだと。考課表を見せろだと。世間知らずもはなはだしい。そんなもの見せられるもんですか。考課表は神聖なもんだ。わたしが見せるのをことわると、ふくれっ面をして、どうせ悪く書いたんでしょなどと。わたしの悪口をあちこちでいいふらして。あげくの果てに労組だとか、賃金闘争とか。仕事もできん癖に。なめるな。馬、馬、馬鹿者が、あ、あ、青二才の癖。

約二分間、放送がとぎれましたことをお詫びいたします。えと感情に走りましたことをあのお詫び。あの次はあの時報で、今六時一分前ですから今度こそはきっかり六時のあの時報をあの。用意、いいですか。え。時報が故障で鳴らない。あの、鳴らないそうで、わたしがそれではあの、やります。十秒前。五秒前。ぼっ。ぼっ。ぼっ。ちんころりん。はい正確に六時をお伝え。

か食べさせてくだ。

合員が廊下に。だって昼飯もろくに食。

死しろってんですか。え。酒を飲。

んな、酔っぱらっちゃいますよ。そん。

失礼しました。六時のニュースの時間ですが、原稿がひとつもありませんので。それでもあの。何か喋っていろという命令で、あのそれでは、あの、無限放送株式会社のストはまだ解決されておりません。現在、重役はじめ部課長級の数人がスタジオと副調整室で缶詰にされていまして、経理課長の馬津がアナウンスを続けております。早い解決をその、関係者も当事者も、待ち望んでおりましてその、あの、えと、他に何かニュースないの。あの夕刊まだきませんか。夕刊読みますから。え。夕刊、どうしてないの。組合員がくれない。また組合員。あ、それ原稿ですか。あ、原稿がきました。少しですが原稿がきました。えと、あのですね。他の局のラジオの伝えるところによりますと、首相は今日の記者会見で、内閣改造問題には触れなかったそうであります。ニュースを終ります。ちょっと失礼して、またこれを。ごく。ごく。げへっ。ごほん。えと、さて次は、頓京《とんきよう》電力のお送りする「中学生の科学・やさしい電気知識」の時間ですが、これは台本がここにありますので、これを読ませていただきます。ええと。テーマ。F・I。F・O。なんのことでしょうな、これは。ええと。「今日は頓京工大の辻八郎《つじはちろう》先生に、いろいろとお訊《たず》ねします」となっていますが、教授はもちろん労組員に追い返されてスタジオへお見えになれませんので、わたしが解答の方も、その、読むことにいたします。質問。「辻先生、電気っていうのはそもそもどうして発生するのですか」先生の答え。あっ。書いてない。こ、この台本、先生の答えの部分が白紙になっていまして、書いてありません。あの、これはですねあの、辻先生が、ちゃんと答えてくださることを予想して、台本には特にその書かなかったのではないかと。しかし質問ばかり読んでも意味が。すると、わたしが代ってお答えをしなければならんのでしょうな、これは。あの、また、ちょっと失礼。ごく。ごく。げへごほげほ。ごほん。あの、まあ「中学生の科学」なんだし、お答えできると思いますけど、時には間違うかもしれませんが、その、お許しを。ええと。電気の発生。これはですな。電気はまあ、いろいろと発生しますね。まあその、たとえば雷さんとかネコの頭をこするとか、ま、そういったことでも発生しますがまあ、しかしいちばん簡単に発生するのはこのやはり、スイッチをひねることですね。えへん、あの。ちょっと失礼。ごく。ひっく。次の質問。「直流、交流っていうのはなんですか」こ、これはですな。電気がその、流れていることですな。一本だけまっすぐに流れているのが直流ですね。直流が二本交わると交流で、だからその交流というのはつまり、ショートする時のことです。えと。質問。ひっく。「家庭電気器具の扱い方と注意についてお訊ねします」えと。あの、解答を申しますと、これはですね、電気器具の扱いかたが悪いとですね、あの家の人たちはいろいろと危険な目に会いますね。

それであの中でもですね、毎年沢山《たくさん》の被害者を出すいちばん大きな危険はですね、えと、あの、あのあの、死ぬことです。ひっく。質問「感電した時は、どういうことに注意すればいいでしょうか」解答。そうですね。えと、まず感電した人が死んだかどうか確めて、それからえと、スイッチを切ります。それから大事なことはあの、電話をすることです。もちろんあの医者を呼ぶためですね。ひっく。死んだ場合は坊主を呼びます。「どうもありがとうございました」ではこれで「中学生の科学・やさしい電気知識」を終ります。担当は馬津でした。あの、ちょっと失礼。ごく。ごく。ひっく。ういっ。すみませんあの。何かく、食わせてもらえませんか。は、腹がぺこぺこ。め、眼がまわって。昼飯もろくに。ひっく。ういー。失礼しました。あの、こちらの内輪の話がいろいろ聞こえると思いますがお許し。ういー。あのご同情願いたいと。これはまったく拷問。事情はあの先程からだいたいおわかりのことと。ういー。まったくひどい。飯が食えない。労組のストは、わたしのせいじゃない。それなのにどうしてわたしだけがこんな拷問を。ひっく。ういー。しかもわたしは課長だからストもできない。こんな馬鹿な話が。安い給料で働かされて、いざストになったら経営者側で、いちばんつらいいやなことを。不、不合理。部下のミスもひっかぶらなきゃならん。ういー。しかも経営に関する発言権はないわけで。課長会議。はは。あんなものはね。あんなものはあなた。重役が課長を集めてがみがみ叱るだけの。ひっく。ういー。何が重役。自、自分らが無能な癖に、おれに何もかもおっかぶせ。え。え。何。あ、そうか。はは。いや、これは失礼。すみませんでしたね。重役がこっちを睨《にら》んでます。だけどね。どうしてわたしを睨むんですか。睨むくらいなら、こっちへ出てきて自分が喋ったらいいでしょ。自分が喋って失敗するのがこわいから、わたしに喋らせてるんでしょうが。わたしがいくら失敗したって、あんたたちはわたしひとりに責任おっかぶせて、くびにすりゃそれですむんだもんね。ういー。だから誰もわたしと交代しようって言い出さない。ええい。もっと飲んでやれ。ごく。あ。もうないよ。酒のおかわりください。くれなきゃ、喋らないよ。飯が食えないんだから、せめて酒でも飲まなきゃ、からだがもたないよ。うーい。しかし何ですね。こんなつまらない放送聞いてる人って、どんな人でしょうね。これ聞いてるあなたがどんな人か、わたしは知りませんけどね。ま、タクシーの運ちゃんとか、どうせそういう人だろうけどね。こんな時間にラジオ聞いてる人なんてものはね。ま、いいけどね。あ、もしかすると学生さんかもしれないね。最近の学生なんて、ラジオ聞きながら勉強するんだね。うちの息子もラジオ聞きながら受験勉強やってますよ。あれで勉強になってるのかね。ま、いいけどね。勝手だけどね。どうせ親のいうことなんか聞かない。わたしを馬鹿にしてるんだよ。何かいってやっても、ふんと鼻で笑ってね。遊び半分で勉強してるんだ。それじゃ出世しないね。大学出たって、タクシーの運転手にしかなれないね。ういー。こんな時間に放送聞いてる人なんてものは、もしかすると馬鹿かもしれないね。ま、気にしなくていいけどね。酒、もうないんだよ。酒、ほしいね。腹も減ってきて、どうも弱ったねこりゃ。あのう、すみませんがね、増田屋さんの誰か、この放送聞いてないか。聞いてたらカツ丼ひとつ持ってきてくれませんか。ラジオ無限の1スタです。頼みますよ。冗談じゃない。もう九時だよ。退勤時間とっくに過ぎてるよ。この上深夜放送までやらされたら死んじゃいますよ。おい喜美代。聞《き》いてるか。なんでもいいから弁当作って持ってこい。うーい。こりゃいかん。酔いが醒めて寒くなってきたよ。あの、天気概況ですけどね、夜分になってだいぶ冷えてきましたから、寝冷えをしないようにね。うーい。弱ったな。酔いが醒めてますます寒くなってきた。水が飲みたいんですがね。ジュースもないの。え。酒しかない。いったいその一升瓶《びん》は、誰が持ってきたんですか。え、社長の差入れ。気のきかない社長だね。いいから、それ、ください。だって、何か飲まなきゃ、ぶっ倒れますよ。いいんですか。あ。ありがとう、ありがとう。瓶ごとください。いいじゃないですか。瓶ごと置いてってくださいよ。なに、大丈夫、大丈夫。ははは、はははは、は。では失礼して。ごく、ごく、ごく、ごく、ごく。ふーっ。

あ。この部屋、ぐるぐるまわりはじめましたな。はは。愉快ですな。ぐるぐるまわる放送局。ははは。さてと。何か喋り続けなきゃいかんわけれすな。ええと、全国の皆ひゃんお元気れすか。わたひはラジオ無限の馬津ちう者れすが、今放送しとりまひゅ。何放送しとるかちうと、これがニュースを放送しとるんで。はは。うーい。チ、ツン、チンツトンとくらあ。ニュース聞く馬鹿、聞かぬ馬鹿、そのまたニュースを喋る馬鹿とくらあ。ははははは。歌っちゃいけないんでひゅね。ふん。ふざけるな。歌を聞きたくないんなら、よその放送聞きやがれ。ははは。重役が赤くなったり青くなったりひて、こっち見とるよ。わたひゃね、自分らけクビになるのはいやらからね。あんたらも道連れにひてやるからね。わたひゃ、へとりらけクビにはならんよ。うーい。ごく。ごく。さあーてと。あいかわらず聞いとるかね、全国の馬鹿。わたひゃね、わたひゃ酔ってなんかいませんよ。わたひゃとにかく、喋れと命令されたから喋っとるんらもんね。どんどん、何れも喋っちまう。馬鹿の重役ろもが、いくらガラスの向こうからわたひを睨もうが、そんなもんはね、そんなもんは平気れね。あれ。どうひたのかね。連中、副調整室れ大騒ぎひとるよ。おい。どうひた。どうひた。ははは。こりゃ愉快。労組の連中がドアを押しあけようとひとるらしいれす。重役連がドアを押えとります。おもひろくなってきまひた。専務が何かわめいとります。うーい。ドアが開きはじめまひた。労組頑張れ。重役頑張れ。ろっちも頑張れ。わっひょい。わっひょい。ははははは。聞け万国のろうろう者とくらあ、とろろきわたるメーレーのとくらあ。うーい。あっ。ドアが開きまひた。労組委員長を先頭に、赤鉢巻《はちまき》ひめた大勢の組合員がなられこんれきまひた。今や上を下への大騒ぎれありまひゅ。あっ。常務がスイッチ盤の上へ押し倒されまひた。総務部長がパイプの椅子《いす》をふりあげて、あばれておりまひゅ。あっ。スイッチ盤が爆発をはじめまひた。ぽん、ぽん、ぽんといって、小さな爆発が副調整室のあちこちで起りまひて、白い煙が立っておりまひゅ。たらいま実況中継をお送りしておりまひゅ。無限放送労働争議の模様を、現場から実況中継れお送りひておりまひゅ。営業部長はテープで首を絞められておりまひゅ。あっ。立ちあがりまひた。立ちあがりまひた。あ、組合員たちがガラス越ひにわたひの方を指さひて、何かわめいておりまひゅ。これはいけまひぇん。このスタジオへ入ってこようとひておるようでありまひて、ろうやらこのわたひの放送をやめさへようとひておるようれありまひゅ。ろうやらこのわたくひの放送も終りに近づいたようれありまひて。えと。たらいまの時刻は、らいたい午後十一時れありまひゅ。ほれれは全国の皆ひゃん、おやすみなひゃい。あ。労組員がスタジオにならられこんれきまひた。お別れれありまひゅ。さようなら。担当は馬津。経理課長の馬津れありまひた。最後にひとこと。皆ひゃん。あ。く、苦ひい。そこはなへ、そこはなへ。ひとつ言い残ひたことがある。ひとつ言い残ひたことが。

〔禁・無断放送〕

信仰性遅感症

「鮎子《あゆこ》さん。あなた、とてもまずそうにお食べになるわね」

鮎子と向かいあった席でカレーライスを食べていたシスター・中井が、首をかしげ、頰《ほお》に笑みを浮かべながらそういった。鮎子の食べっぷりをしばらく前から観察していたらしい。

「あら。やっぱり見ててわかりますか」鮎子はランチの皿《さら》にフォークとナイフをおき、軽く溜息《ためいき》をついた。「そうなんです。まずい、というより、ぜんぜん味がわかりませんの。それで困ってるんです」

「まあ。変ですこと」シスター・中井はくすくす笑った。「じゃあ、何を食べても同じなんですか」

「そりゃあ、歯ごたえで、柔らかいか固いかの違いはわかりますわよ。でも、味覚はまったく」

「まあ、そんなに」シスター・中井は笑顔を消し、眉《まゆ》をひそめて鮎子を見つめた。「お気の毒ね」

鮎子は微笑して、投げやりにいった。「感謝の気持が不足してるんですわ。きっと」

「空腹感はおありなの」

「それはありますわ。満腹感も」

「変ですわねえ」シスター・中井はいたわりの気持をこめた眼で、鮎子を見つめ続けた。

「どこかお悪いんじゃありませんこと」

「あら。そんなたいしたことじゃありませんわ。ご心配なく」鮎子はわざと声を出して笑ってみせた。「ほんとにご心配なく」

シスター・中井は笑わなかった。「でもお気の毒ですわ。味覚がないなんて。それに、味がわからなかったら、間違えて変なものを食べてしまうおそれも」

「いやですわ。まさかそんなこと」

「いいえ。笑いごとじゃありませんわよ。いちどお医者さまに診《み》ていただいたら」

「いいえ」鮎子はかぶりを振った。「原因はだいたい、わかっていますのよ」

「あら。そうでしたの」シスター・中井はやや安心した表情を見せ、それ以上は何も訊《たず》ねようとせず、もくもくと食べはじめた。

えらいわ、と、鮎子は思った。わたしだったら、修業が足りないから、さらに根掘り葉掘り訊ねようとするだろうに。

そう思うと同時に、自分の喋《しゃべ》りかたがいかにも思わせぶりだったことに気がつき、そんな喋りかたをした自分が厭《いや》になった。このシスターは、本気でわたしのことを心配してくれたのに。

鮎子はそっと周囲をうかがった。あと十数分で午後の授業が始まろうとしているため、教職員食堂にいるのは彼女たちふたりきりだった。

ちらちらと眩《まぶ》しげにシスターの修道服《ハビット》をうわ眼で見て、鮎子は言った。「そうなんです。自分でわかっているんです。食べものの味がわからなくなった理由は、食べものを食べながらも、その味を味わうまいとしたからだと思いますわ」

「え」シスター・中井は顔をあげ、眼を丸くした。「どうしてまた、そんなことをなさったの」

「味覚を楽しむことに罪悪感があったんだと思います」

「まあ。驚きましたわ。鮎子さんって、そんな禁欲的な」そこまで言ってシスター・中井は顔を赤くした。「わたし、耳が痛いわ。よく食べすぎておなかをこわしますし、去年のクリスマスの次の晩など、葡萄酒《ぶどうしゅ》をいただき過ぎて、ぐでんぐでんに酔っぱらいましたのよ。あの時のこと考えると、顔から火が出ますわ」

「ファーザーからうかがいましたわ」鮎子は笑った。「寝ておしまいになったのね。でもあれはお疲れだったからでしょう」

「皆さんそういってなぐさめてくださるんですけど」彼女は陽気に笑った。そんな彼女はとても若く見えた。

わたしと同じで来年は三十歳になるはずなのに、どうしてこのひとはこんなに若いのだろう、シスター・中井の赤くつやつや光る頬を見ながら鮎子はそう思った。

「わたしの父は」と、鮎子はいった。「とても食べものにやかましい人だったんです。自分では食通を気取っていましたけど、食い意地が張っているだけだという評判でしたわ。小さいころからわたし、そんな父が嫌《きら》いでしたの。意地が汚ないというだけでなく、すべてのことに対して欲望の強い人でした。はっきりと父を憎みはじめたのは少女時代からですわ。少女時代、特にわたし、潔癖だったものですから」鮎子は力なくかぶりを振った。「洗礼を受けたのも、今から考えればその父への憎しみがあったからではないか、そう思うんです」

シスター・中井は大きくうなずいた。「よくあるケースだそうですね。誰《だれ》かへの反抗から禁欲的になるというのは」

「ええ。だから決して褒《ほ》められるようなことじゃないんです」

「でも、今ではそれに気がついて、いわば眼醒めたわけでしょう」シスター・中井は意味ありげににこにこしながらいった。「眼醒めないよりは、眼醒めた方がよかったわけじゃありませんこと」

誰か、ほかの人のことを言ってるのかしら、そう思い、鮎子はシスターの誰かれの顔を次つぎに思い浮かべた。コンプレックスゆえに信仰の道に入り、そして今になってもそのコンプレックスに自分で気がついていない人物の二、三人は、すぐに指摘することができた。

次に鮎子は、シスター・中井の健康そうな顔色をうかがいながら、この人にはなんのコンプレックスもないのだろうかと考えた。なんのコンプレックスもなさそうに思えた。陽気で、人に好かれ、どんなものにも興味を持ち、なんでも喜んで食べ、音楽、スポーツ、その他あらゆることを楽しんでいるシスター・中井を見ていると、コンプレックスを隠そうとしてずいぶん無理をしている自分などとは、人間の大きさがひとまわりも、ふたまわりも違うように思えた。
どちらが先というわけでもなく、二人は同時に腕時計を見、あわてて立ちあがった。

「いけない。行かなくちゃ」

「授業がはじまるわ」

「わたしは、母親教室なの」

教職員食堂の前の廊下で鮎子はシスター・中井と別れた。この育徳学園で、鮎子は小学校四年生の一クラスを、シスター・中井は幼稚園の五歳児クラスを、それぞれ受持っているのだ。

シスター・中井は小声でバカラックを歌いながら歩き去った。鮎子はいったん職員室に戻《もど》ってから、二階の端にある受持の教室へとながいながい廊下を歩きはじめた。学園の庭の花壇は春だった。窓から花壇の彼方のチャペルへ入って行く神父の肥《ふと》った姿が見えた。ゴッド・ファーザーだというので子供たちから再認識され、最近は得意満面の神父であった。

誰もが生活の、人生の歓びをあるがままに受け入れ、享楽している、鮎子にはそんな気がした。いったん歓楽を追求しはじめたら、享楽主義者だった父の血をひいている自分はどんどんどこまでも深みにはまっていって、抜け出せなくなるのではないか、そう思い、あらゆる肉の欲望を強く拒否してきた今までの彼女自身の姿勢を、鮎子は急に子供っぽいものに思いはじめていた。

　教室まで数メートルという廊下のまん中で鮎子は立ちどまった。

だしぬけに口の中へ、すばらしい味が拡がりはじめたのである。最初はコンソメ・スープの味だった。次にエビ・フライの味が拡がった。罪悪感に責められながらも、おいしい、と、鮎子は思った。味覚の復活であった。それは奇妙な感覚だった。反芻《はんすう》とはまた違っていて、歯ごたえや舌ざわりはなく、純粋に味覚だけがはっきりと感じられたのである。

　ランチはエビ・フライではなかった。エビ・フライを食べたのは昨夜の八時頃《ごろ》だった。その時には何も感じなかった昨日の夕食の味が、約十七時間後に口の中へ蘇《よみがえ》ったことになる。コンソメ・スープ、エビ・フライ、アスパラガス、ポテト・サラダ、そしてライスの味を、十何年ぶりかでなまなましく次つぎと味わいながら、そして聞いたことも読んだこともないその奇妙な体験に大きくとまどいながら、鮎子は教室へ入っていった。

　なぜ、昨日の夕食の味を今ごろ感じたのだろう、なぜだろう。その日の午後は授業もうわの空で、鮎子はそのことを考え続けた。

　シスター・中井との会話がそのきっかけになったのだろうか、と、彼女は思った。味覚を享楽することに対して抱いていた罪悪感が、シスター・中井の大らかさを見ているうちにその影響を受けて消滅した、とでも解釈するほか、彼女にはいい答えが見つからなかった。

ではなぜ、食べている時に味を感じないで、十七時間も前に食べた食べものの味が蘇ったのだろう。食べながらその食べものの味を味わえるほどには、まだ罪悪感が完全に消え失せていないのだろうか。

五時過ぎ、鮎子は学園を出て、児童心理学者が雑誌で推薦していた本を買いに行くためバスに乗ろうとした。だがバス停には、いつも鮎子をそこで待ち受けているいささかやくざっぽい青年が立っていた。鮎子がバスに乗れば、彼もあとから乗ってくるはずだった。そして鮎子が町なかを歩く間中つきまとうに違いなかった。読むべき本ならほかにもある、鮎子はそう思い、バスに乗るのをあきらめて寮に戻った。

その青年は眉が濃く、色が浅黒く、背は高かった。年齢は鮎子と同じくらいに見えた。服装が派手な点と、彼女にうるさくつきまとうことを除けばむしろ好感の持てる、どちらかといえば鮎子の好きなタイプの青年だった。だから鮎子は必要以上に彼を警戒した。それが、いかにも女にかけては自信がありそうなその青年をよけいに苛立《いらだ》たせ、しつっこくさせているのかもしれなかった。

鮎子は自分のことを、男性を好きになりやすい女に違いないと思っていた。片っぱしから女に手を出した父親の血をひいて、自分もきっと淫蕩《いんとう》な性格なのだと決めてしまっていた。だから男を意識しすぎるほどに意識し、そのためかえって男たちから興味を持たれることにまでは思い至らなかったのである。

学園の職員寮は町を見おろせる高台にあり、あたりには大きな住宅が多いため、静かだった。鮎子の部屋は二階にあり、ベランダは町とは反対の方角に面していた。町の夜景を見て眼を楽しませることさえかたくなに拒否した鮎子が、自分でその部屋を選んだのだった。

町へ出て、寮の食堂で出る夕食よりは少しばかりおいしいものを食べようと思っていたのに、そんなことを考えて残念がっている自分に気がつき、鮎子は苦笑した。食べものの味をあるがままに味わうべきだと自分で決めたとたん、今度は急にそんなにまでこだわりはじめた自分を、やはりもともと意地が汚なかったのだと思わずにはいられなかった。

机に向かって本を読んでいると、背後でかちっ、という金属的な音がした。ベランダとの境にあるガラス・ドアの掛け金をかけた音だった。鮎子はふり返った。

そこには、さっきバス停にいたあの青年が立っていた。濃い眉の下の大きな眼をいささか細め、口もとに微笑を浮かべていた。裏庭に通じているベランダの横の階段から登ってきたに違いなかった。外はもうまっ暗になっていた。

ひっ、と、のどを鳴らして、鮎子は立ちあがろうとした。だが、下半身がしびれているように思え、立つとひっくり返るのではないかというおそれもあり、立ちあがることはできなかった。椅子に腰かけたまま青年を凝視する鮎子の手足が、急速に冷たくなっていった。胸に固いものがつっかえ、吐き気がした。

「やあ」鮎子を見つめたままで、青年は低くそういった。彼女のうろたえぶりを見て、自信を強めた様子だった。

鮎子はやっと、かすれた声を出した。「どなたですか」

そして、眼を伏せてしまった。眼を伏せたりすれば彼がますます自信を深めるであろうことはよくわかっていながらも、それ以上男性と眼を見つめあうことに耐えきれなかったのだ。そんなことをした経験は、一度もなかった。

「どなたですかだなんて、冷たいことというなよ」青年はくすくす笑いながらいった。「いつも会ってるじゃないか」鮎子に近寄ってきて、彼女の顔をのぞきこむようにした。「どうしてぼくが話しかけても、一度も返事してくれなかったの。え」肩に手をかけようとした。

あやうく鮎子はその手の下をすり抜け、椅子の傍に立って青年に向きなおった。だが、どう返事していいかわからなかった。彼から話しかけられて一度も返事しなかったことに、罪悪感めいた気持さえ湧《わ》いてきた。それは彼の行為をいやらしいと勝手に断じ、それを咎《とが》め立てする態度でもあり、また、彼女自身の気持にそむく態度ではなかったか。

だがすぐに彼女は、そんなことを詫《わ》びる必要はまったくないことに気がついた。むしろ彼の不作法を咎めなければならないのだ。

「出て行ってください」やっと平静に戻った声で彼女はいった。「ここは女ひとりの部屋です」

青年は笑いを消さず、意外そうに答えた。

「もちろん、ここが君ひとりの部屋だってことぐらいは知ってるよ。だから来たんじゃないか」笑った。「はははは馬鹿《ばか》だなあ。そうだろう」また、彼女の顔をのぞきこんだ。

彼女は顔を彼からそむけた。「何をしにきたのですか」

青年は手を腰にあて、片足を前に出した。「君ね、どうしてそんなわかりきったことばかり訊《き》くの。え。ぼくがね、君を好きだからここへ来たぐらいのこと、初めからわかってるだろうが。え。だから君は、そんなにおどおどしてるんだろうが」

気持を言いあてられ、鮎子は大きく動揺した。だがさいわい、顔色には出さずにすんだ。「おどおどなんか、していません」

青年への怒りは、不思議なほど湧いてこなかった。人の行為を許す訓練をし続けてきたため、こんなあからさまな不作法に対してさえ怒れないのだろうか、と、鮎子は思った。あるいは自分がこの青年を、好きだからだろうか。

まさか、と大きく心で打ち消して、鮎子は強く言った。「さあ帰ってください」

青年はくるりときびすを返し、つかつかとベランダの方へ歩いた。鮎子がほっとしたのは一瞬だった。彼はベランダのカーテンをひいてしまったのである。室内の明りは鮎子のテーブルの電気スタンドの六十ワットだけになった。

「帰らないよ」青年は鮎子に向きなおり、反抗的にいった。命令されたため、やや怒っていた。

鮎子は大きく胸をそらせ、青年を睨《にら》みつけた。「さあ。お帰りなさい」

青年は鮎子に近づいた。鮎子はあと退《じさ》りすることができなかった。部屋は狭く、それ以上あと退れば、そこにはベッドがあるだけなのだ。

彼は鮎子を抱き寄せようとした。

からだを固くして、彼女はいった。「何をする気です」

「わかってるだろ。楽しむんだよ。セックスを」

「そんなことは、か、神が、お許しになりません」

「へえ」青年は彼女からやや身をひき離し、鮎子の顔をつくづくと見まわした。「やっぱり君は、アーメンだったのか。そうじゃないかと思ってたんだが」

「あなたは、けものではないでしょう。欲望のままに行動してはいけません。神に恥じるような行いは」

「誰に恥じるんだって」青年は、きら、と眼に憎悪の色を浮かべて叫んだ。「なぜ愛しあうのがいけないんだ。おれ、あんたを愛してるんだぜ。欲望だけだと思いたいのか」

唇《くちびる》を歪《ゆが》め、彼は低く押し殺した声でつぶやいた。「いいか。お説教をするな。おれ、説教が大嫌いなんだ。おれのおふくろもアーメンだった」思い出すまい、とするかのように、彼ははげしくかぶりを振り、鮎子の唇に無理やり自分の唇を重ねあわせた。

鮎子は唇を固く閉じ、何も考えるまいとし、何も感じるまいとした。キスはもちろん初めての体験だったが、自分にかけたその暗示のため、彼女はほんとに何も感じなくてすんだ。青年が舌の先で鮎子の歯をこじあけようとしていた。だが鮎子は歯をくいしばったままだった。

青年は鮎子から顔をはなし、彼女の両肩をつかんで激しく揺すった。「そうか。そんなに何も感じないふりをしたいんなら、か、感じさせてやるぞ。自分がけものだってことをわからせてやる」鮎子をベッドに押し倒し、下着を剝《は》ぎとろうとしはじめた。「こ、こいつめ。こいつめ」

鮎子は無抵抗だった。ただからだを固くして、口の中で祈りのことばをつぶやき続けた。それが青年を、ますます苛立たせた。

「くそ。石像の真似《まね》しやがって。そんなことぐらいでおれが恐縮して、あきらめて退散するとでも思っているのか。何が神様だ。何がこの人を許したまえだ。何がアーメンだ。その、お祈りをとなえている口で叫ばせてやる。泣かせてやるぞ。見ていろ」鮎子のからだにのしかかってきた。

たとえはげしく抵抗したところで、殴られて無理やり犯されるか、首を絞められて気絶しているうちに犯されるか、どちらかであろうと鮎子は想像した。もしかすると殺されるかもしれなかった。そうなればこの青年に、強姦《ごうかん》以上の罪を重ねさせることになる、彼女はそう考え、ただ棒のように横たわっているだけだった。

青年の手によって開かされ、そして彼が侵入してきた時も、彼女は何も感じなかった。何も感じないようにと彼女は願い続けた。考えることはそれだけだった。自分がもともと人並み以上に感じる体質であるはずだということを知っていたからだ。

青年は汗を流し、あらん限りの秘術を尽して鮎子を攻めはじめた。「おれには自信があるんだからな。処女だろうがなんだろうが、おれの手にかかったら泣いちまうんだから。ええい。こいつめ。これでどうだ。感じたろう。これならどうだ」

暗示をかけてるんだわ、と鮎子は思った。たとえいくら暗示をかけられても、神を信じて肉欲を拒否する自分の精神力が、そんなものに屈するはずはない、彼女はそう思った。事実彼女は何も感じなかった。快感はおろか痛みすら感じなかった。神がついていてくれる、彼女はそう信じた。

約二十分、青年はあらんかぎりのテクニックを駆使し終えたのちに果てた。

「強情だなあ、君は」砂を嚙《か》んだような表情でのろのろと立ちあがり、投げやりに彼はいった。

「ま、処女なんだから感じろといっても無理だったろうがね」弁解めいた口調でそう言い、苦笑しながらベランダのガラス戸を開いた。

振り返った。「君はカトリックのくせに、愛を拒否するんだね」

捨てぜりふのつもりらしかった。

鮎子は立ちあがり、ふたたび彼にいった。「神があなたをお許し下さいますように」

ひくひく、と青年の頰に痙攣《けいれん》が走った。顔を歪めたままで、彼は去っていった。

犯された怒りや悲しみは、今の鮎子とは縁遠い感情だった。欲望に屈しなかった満足感だけがあった。なぜだろうか、と、彼女は思った。自分が歳《とし》をとっているからだろう、鮎子はそう思った。鏡を見ようとした。室内に姿見はない。自分の姿態を眺《なが》め、それが他の女より美しいことを発見して、ついナルシシズムに浸ってしまうのを避けるためである。洗面所へ行き、顔を眺め、自分の顔が平然とした表情を浮かべていたため、鮎子は心のやすらぎを得た。

彼女はつぶやいた「神よ。わたしに力をおあたえくださったことを感謝します。あのひとはもう二度と来ないでしょう」

次の日は土曜日で授業は午前中だけ、そして昼からはファーザーとの昼餐会《ちゅうさんかい》がある。これにはカトリック信者でない教職員は出席しない。昼餐会はいつも学園内の食堂で行われた。席は特に定められていないので、その日鮎子はシスター・中井の真向いに掛けた。ファーザーの席だけは窓に背を向けた正面と決っていて、あとの者はその細長いテーブルの左右に向かいあわせに腰かければよいのだ。鮎子のその日の席はファーザーから三つめの右側だった。

「中央競馬会が、電話一本で馬券を売りはじめたの、知ってはりまっか」食事中、ファーザーがそんなことを話しはじめた。

ファーザーはアメリカ人だが、もう二十年以上も神戸に住んでいるため、すっかり関西弁が板についてしまっている。

「知っております」と、シスター・中井が答えた。「園児のお母さまたちからうかがいましたわ。そのためご主人が競馬狂いをはじめたといって泣いてらっしゃるお母さまがたくさんいらっしゃいます」

「以前はノミ屋ちゅうのがおりましたんや」とファーザーはいった。「私設馬券屋ですな。で、今度のその電話馬券ちゅうのは、いわば政府のノミ行為や。わたしんとこへも、あれ以来、主人が馬に凝りはじめて金をスって、とうとう家屋敷売りとばしたちゅうて泣きついてきやはるお母はんがずいぶんふえてきとります」

「競馬というのは、それほど面白《おもしろ》いものでございましょうか」と、中年のシスターがファーザーに訊ねた。

「どの程度に面白いのかわかりまへんけど、想像はできますな」ファーザーは薄いコバルトの瞳《ひとみ》でいたずらっぽく全員の顔を見まわした。「賭博《とばく》ちゅうもんがどれだけ面白いもんかと思うて、わたしこのあいだ、パチンコちゅうもんをやって見ました」

「え。あの、その恰好《かっこう》でパチンコ屋へ」眼を丸くし、シスター・中井が訊ねた。

「はい」ファーザーはにこにこ笑って答えた。

「いかがでした。面白うございましたか」いちばん年嵩《としかさ》のシスターが、にやりとして訊ねた。

「金額的には競馬とは比較になりまへん。そやけど、パチンコがあんな面白いもんやとすると、競馬で身をほろぼす人が多いちゅうことも、なるほどとうなずけます。これはつまり賭博の面白さが賭け金の額に比例するとしたらです」ファーザーはうなずいた。

「そらあんた、嘘《うそ》や思うたらパチンコいっぺんやって見なはれ。いやもう、面白いの面白うないの」彼は眼を輝かせて喋りはじめた。「天穴ちゅうのんがあります。いちばん上の穴ですぞ。ここへ一発入るちゅうと下のチューリップが開きよる。入りやすうなるわけで、ここへ二発入るとチューリップは閉まりよる。つまり天穴へ入ると合計三回連続してじゃらじゃら出るわけですな。また、入る時は調子のええもんで、また下のチューリップが開いてるうちに上の天穴へ連続して入りよる。チューリップは開きっぱなしです。じゃらじゃらと、出るわ出るわ」身をのり出し、唾《つば》をとばしはじめた。

シスターたちはフォークとナイフを持つ手を休め、興味深そうに謹聴している。

「ところが突然、ばったり入らんようになる。そらもう、信じられんぐらい入らへん。せっかく箱にいっぱいとったのに、それが見るみる減っていくわけですな。今、交換して景品貰《もら》うか、どこぞ他の台へ移った方がええのん違うかとも思うんやけど、いやいや、さっきあないに入ったんやさかい思うて、ずるずるやってるうちに一発もないようになる。こんな阿呆《あほう》なこと、あるはずがない。こんなことはあってええことやない思うて、口惜《くや》しゅうてしかたがない。まったくもう、神もほとけもあるもんかちゅう気持に」口をすべらせたことに気がつき、ファーザーはあわてて口をおさえた。

全員が、おうという声を洩《も》らし、にやにや笑いながら十字をきった。

ファーザーによって醸《かも》し出された背徳的な雰囲気《ふんいき》を、鮎子は一種の迫力とともにひしひしと身に感じていた。

シスター・中井は、顔をまっ赤に火照《ほて》らせて笑いをこらえながら、ふたたび始まったファーザーのパチンコ談義を楽しそうに聞いている。

鮎子はまた、享楽をかたくなに拒否している自分をひどく子供っぽく感じ、それと同時に昨夜の事件をなまなましく思い出した。

たとえば、この健康で明朗なシスター・中井が、もし仮に昨夜の自分のような目にあったらどんな反応を示したであろうか、と、鮎子は考えた。

あたえられた享楽はすべてあるがままに受け入れようとする彼女のことだから、もしかしたらあの青年の暴力を、不可抗力として甘んじて享受し、むしろたっぷり楽しんだかもしれない、そうだ、彼女ならきっと、そうしたに違いない。

一方ではまさかと思いながらも、あるいはと思う気持の方が次第に鮎子の中で強くなっていった。そして自分の頑固《がんこ》さ、融通のきかなさに対しても、今さらのように歯痒《はがゆ》い思いがし、そんなことを思ってはいけないと自分を戒めながらも、今までの自分の姿勢を悔む気持が大きく膨れあがってくるのをどうすることもできなかった。

その時、突然眼のくらむような快感が脊髄《せきずい》を脳の先までつっ走った。鮎子は上半身を起し、眼を閉じた。瞼《まぶた》の裏に火花が散り、閃光《せんこう》が躍っていた。股間《こかん》に、異物感があった。だが、それは決して不快なものではなかった。痛みもなく、ただ快感だけがあった。

「う」鮎子は唇を嚙んだ。

彼女があの青年に犯されてから、ちょうど十七時間経っていた。快感だけが蘇ったのだわ、と、鮎子は思った。この昼餐会の不道徳的な話題に影響されてのことだろうか、それとも。

「あ。あ」下半身が痙攣し、歯を噛みしめていてさえ呻《うめ》きが洩れるほどの快感がやってきた。彼女は身もだえた。じっとしていようと努力してみたが、どうにもならなかった。

「あら、鮎子さん、どうなさったの」シスター・中井が正面の席から彼女を見つめ、そう訊ねた。

「ご気分がお悪いんじゃありませんこと」

だが鮎子にはもはや、シスター・中井の顔もぼんやりと輪郭だけしか見えず、怪訝《けげん》そうなその声もどこか遠くからかすかに響いてくるだけだった。

「大変。こんな席で醜態を演じては」理性が彼女の乱れをくいとめようとした。

しかしその理性も、じんと耳の奥が鳴ったほどの鋭い快感によってどこかへ吹きとばされてしまった。いつの間にかじっとりと濡《ぬ》れた太腿《ふともも》が、がくがくと激しく痙攣した。

「あっ」

動かないではいられなかった。鮎子は大きく股《また》を開いた。ぴったりと太腿にまといついていたタイト・スカートの前が、びりっという大きな音を立てて裂けた。

甘美なものが、ぐいと鮎子の下半身をしゃくった。ふん、と大きな鼻息を洩らし、身をのけぞらせた鮎子は、ぴんと片足をはねあげ、その足を食卓の上に、どす、と落した。

がらがっちゃがっちゃ。

食卓の上の料理を盛った皿が、鮎子の靴《くつ》によって砕け、まっぷたつに割れ、ひっくり返り、とび散った。料理が散乱して食卓のあちこちにとんだ。

ぐさ、と、何かたくましいものが、鮎子の下半身のあらゆる快美感覚を一挙にえぐり、ほじった。

「おほほほほほほ」

あまりの快感に耐えきれず、怪鳥のような叫び声を大きくはりあげ、鮎子は身をしゃっちょこばらせ、ついで自らの手でブラウスを引き裂き、露出した両の乳房を鷲《わし》づかみにした。眼は恍惚《こうこつ》としてうるみ、唇の端からはよだれが流れ落ちた。眉をしかめ、悲しげな表情でかぶりを振り続けながら鮎子はまた大声で叫んだ。

「もう駄目《だめ》」

もう駄目、もう駄目とくり返し絶叫する鮎子のからだ全体に痙攣が襲った。がくがくと首を前後に振り、髪ふり乱してうなずくような動作をくり返しながら、彼女ははげしい痙攣に身をまかせた。

「あう、あう、あう」

両の握りこぶしを胸の前につき出して首を上下に揺すり続ける彼女の口から、そんな声が洩れた。

炭火の如《ごと》く熱した何やら固いものが鮎子の子宮を突きあげた。

「ふわ」

いったん椅子《いす》の上で数センチとびあがった彼女は、えびのように身をつっぱらせ、手足を硬直させた。

「あっ。と、とてもいいわ」

鷹《たか》の爪《つめ》のように折り曲げた指さきで彼女は眼前の空間を掻《か》きむしり、それから疳高《かんだか》い声で行くと絶叫し、もんどりうって椅子から床へころげ落ちた。床の上へ仰向《あおむ》きに横たわった鮎子は、頭頂と足の先だけを床につけて、ふたたびえびのように身をそり返らせ、次に股を大きく開き、下半身を下腹部まで露出させてはげしく腰を揺すりながらオーガズムに達した。

「かかかかかか、神様」

翌日の午後、鮎子はファーザーの私室のドアをノックした。ドアには鍵《かぎ》がかかっていず、すっと内側へ開いた。鮎子は室内に入った。部屋の中央のソファに腰かけ、トランジスタ・ラジオで競馬の実況中継を聞いていたファーザーは、鮎子が入っていくなりソファの上で大きくとびあがり、口汚なく罵倒《ばとう》しはじめた。

「こら、神よ。おんどりゃまた何ちゅうことさらしてくれはりましたんや。なにもよりによってソノノヒカリなんちゅう馬を一着にせいでもええやないか。4―6いうたら大穴やおまへんけ。神ともあろうお人が何でまたそないな不公平をしやはりますねん。せっかくあんたにつかえとる身のこのわたしがだっせ、考えに考えた末6―5ちゅうのん買うたんやさかい、もうちょっと気いきかしてお恵み垂れさしてもええやんけ。阿呆んだら」

「ファーザー」眼を見ひらいて立ちすくんだまま、鮎子はいった。「ああ、ファーザー。わたくし、この遅感症の生き地獄から救っていただこうとして、やってまいりましたのに」

「なんやて。遅感症やて」ファーザーはとびあがり、部屋の隅《すみ》のベッドに全裸で横たわっているシスター・中井を振り返り、大声で叫んだ。「そらおもろい。シスター、あんた聞いたか。このひと遅感症やそうな。おお神よ、天にまします神よ。み恵み深き神よ。この早漏のわたしに遅感症の女性をおあたえくださるちゅうのはなんと心やさしきみ業《わざ》ですやろか。さあ、シスター、あんたそこどいとくなはれ」

「おお、ファーザー」シスター・中井はとびあがった。「今の今までこのわたしにささやかれていたあのおことば、すべて嘘《うそ》いつわりだったのでございましょうか」

「あ、そらまた何ちゅうど厚かましいこと吐《ぬ》かすねん」ファーザーはシスター・中井の傍へ駈《か》け寄って彼女を怒鳴《どな》りつけた。「さっきはさっき、今は今。だいたいあんたの観音さんはずぼずぼやないけ。ガテの門ほども広いあんたの穴に挿入《そうにゅう》したらその隙間《すきま》からあんたの子宮の方へひょうひょうと音立てて地獄のからっ風が吹きすさんでいきよるわ。だまされたのはこっちや。これ以上うだうださらしたら、頭陀袋《ずだぶくろ》へ入れてマカオへ売りとばしてまうぞ。さあ早う出て行け」

シスター・中井はわっと泣き出し、ベッドからおりるとドアめがけて走りはじめた。

ドアの手前で彼女は立ちどまり、一瞬、般若《はんにゃ》のような顔ではったと鮎子を睨みつけ、ふたたび泣きわめきながら全裸で廊下へとび出していった。

ファーザーが満面に血の垂れそうなにたにた笑いを浮かべて鮎子に近づいてきた。

「さあ、お互いに楽しく祝福をあたえあい、この世の天国へ行こうやおまへんか」

「ファーザー」鮎子はおろおろ声でくり返した。「そうしていただけたら、わたしは救われるのでございましょうか」

「あなたの父親に対するいろいろなコンプレックスをなくしてしまえる人間は、わたしです。なんでや言うたら、わたしもファーザーやからです」

「ああ、ファーザー。ありがとうございます」

大きく開かれたファーザーの腕の中へ、鮎子は崩れるようにとびこんだ。

ファーザーは口の中で祈りのことばを唱えながら、ゆっくりと鮎子の服を脱がしはじめた。

「エロにましますが我らがエロよ。御身はエロのうちにて」ブラジャーをとり、鮎子のパンティに手をかけた。「エロのエロ、エロのエロなる哉《かな》。都《すべ》てエロなり」

全裸の鮎子を抱きあげ、ベッドに運んで仰臥《ぎょうが》させたファーザーは、自らも衣を脱ぎ捨て、首からかけた十字架をかなぐり捨て、その十字架を踏んづけてベッドにのぼり、鮎子のからだに覆い被《かぶ》さってきた。

「女は去り、女は来《きた》る。女は永久《とこしなえ》に存《たも》つなり。ペニスは出でペニスはまた入り、又その出《いで》し処に喘《あえ》ぎゆくなり」

自殺悲願

った。

「やあ。しばらくでした」

応接室のドアをあけ、桜井《さくらい》は待っていた田川保一《たがわやすいち》にうなずきかけた。

田川は立ちあがった。「ご無沙汰《ぶさた》を」ていねいに頭を下げた。ていねい過ぎるほどだった。

桜井は田川の向かい側のソファに腰をおろしながら、以前自分が担当していた初老の作家の様子をじろじろと観察した。田川は、数年前にも桜井が見たことのある古い背広を着ていた。袖口《そでぐち》がほころびていた。

「大川恒成《おおかわつねなり》の全集が、よく売れているそうですね」歪《ゆが》んだ笑顔を向けて田川はいった。

「ええ。自殺なさって以後ね」桜井はうなずいた。「もう四十万部出ましたよ」

「それはそれは」田川は真顔に戻《もど》り、俯向《うつむ》いた。「それは、よかったですね」

「よその会社のものも、売れているそうですよ。文庫本がね」そういってから桜井は、またつけ加えた。「自殺なさって以後ですがね。むろんそれまでにも、ある程度は売れていたんでしょうが」

「そうですか」溜息《ためいき》をつき、田川はうなずいた。「そうでしょうな」

田川をじっと見つめながら、桜井はとどめを刺すようにいった。「もともとあの人には大衆的な人気がありましたからね」

田川は黙りこんだ。額に皺《しわ》を寄せていた。

桜井は窓の外へ視線を移し、喋《しゃべ》り続けた。「多島《たじま》さんが自殺なさった時も、やはりよく売れましたよ。もっともあの人の大衆的人気は大川さん以上でしたがね」

田川がまた、大きく嘆息した。それきり黙りこんでしまった。

機先を制した桜井は、にっこり笑い、あらたまって田川に訊《たず》ねた。「ところで、今日はまた、どういう」

「ええ、じつは」もじもじしてから、田川は訊ね返した。「どうでしょう。わたしの本はまだ、再版にはなりませんか。第一版が出たのはもう十年以上前だし、部数は三千部だったし、もうそろそろ、在庫もないんじゃないかと思いましてね」

「ははあ。もう十年以上にもなるんですなあ」桜井は低い鼻の上の眼鏡を押しあげて、天井を睨《にら》んだ。「そうか。そうか。最後に出た『酷暑』が十二年ぐらい前になりますな。その前の『食客』が十五年前、最初の『転身』は、なんと、もう十八年前になるわけですなあ。早いものですなあ」

「そうです。三冊とも初版は三千部で、それ以後、出してもらってないのですが」いくぶんいら立たしげに田川はいった。「もう、どこの書店にもありません」

「そりゃあ、そうでしょう。最近は新しい本でも、三月と経たぬうちに店頭から消えちまいますからね」苦笑した。「まして十年以上前じゃあ」

「じつは、子供が学校に入りましてね。寄附や何やかやがあって高くつくんですよ、これが」

「最近は、学校も高くつきますなあ」

「そうなんです」また、田川はもじもじした。「どうでしょうな。あの三冊、再版してもらえんでしょうか。部数は少くて結構ですが」

「田川さんは、最近お書きになっていませんからねえ。どうも読者に馴染《なじみ》が薄くて」桜井は首筋を掻《か》いた。

「眼立たぬ雑誌には、ちょくちょく書いているんですがね」

「ほう。やはり純文学を、ですか」

「ええ。娯楽小説はどうもね。七、八年前でしたか、いちどここの雑誌から頼まれてひとつだけ書いたんですが」彼は自嘲《じちょう》的に笑った。「没にされちまいましたよ」

「田川さんが娯楽小説を書いちゃいけません」桜井はむずかしい顔をしてかぶりを振った。それから姿勢を崩し、また首筋を掻いた。「だけど、それだけに田川さんのものは売れなくてねえ」

「他の出版社へも行ってきましてね。再版をお願いしてきたんですよ」

「ほう」眼鏡の奥の眼をやや丸くし、桜井はじっと田川を見つめた。「で、出すと言いましたか」

「ええ。承文館でね」

「ほう。でも、あそこはたしか、田川さんのものは一冊だけでしょう」

「ええ。短篇集一冊だけです。四年前に出した、最近作集ですがね。どうでしょうな。こちらでも出してもらえませんか。わたしの小説はほとんどこちらで出してもらっているんですからね。だから、担当者であるあなたにこうやってお願いしているんですが。とにかく、再版してもらわないと、どうにもならんのですよ」

「わたしの一存ではねえ」もはや露骨に、桜井は迷惑そうな顔をして見せた。「営業部の意嚮《いこう》もありますし」

「ふうん」それ以上の泣きごとで、作家としての威厳が失われることをおそれ、田川は窓の外をぼんやりと眺《なが》めた。

しばし、気まずい沈黙があった。

「は、ははは、ははは、はははははははは」

静かに、田川が笑いはじめた。窓の外を眺めたままだった。

桜井はどきりとした。

振りかえり、桜井に笑顔を向けた田川の眼には、凄《すご》みのある光がたたえられていた。桜井は思わず首をすくめた。さすがは、瘦《や》せても枯れても作家だな、と桜井はそんなことを思い、少し馬鹿《ばか》にしすぎたかもしれないと思いなおした。

「どうでしょうな、桜井さん」田川が笑いながらいった。「大川さんや多島さんのように、わたしが自殺をすれば、少しは本が売れるとは思いませんか」

「そんな」桜井は乾いた声で無理やり笑って見せた。「冗談をおっしゃらないでください」

田川は笑顔のままだった。だが、眼だけは笑っていなかった。彼の眼には、一種の気ちがいじみた光があった。桜井はまた、ふるえあがった。そんなに窮迫していたのか、と、あらためて驚いた。

田川が見つめ続けているため、桜井はしかたなく答えた。「そりゃあ、まあ、売れるでしょうがね」冗談めかして答えるのに、彼は苦労した。「だけどまあ、売れるといっても程度問題ですよ。とても大川さん、多島さんほどには」

「うん。それはわかっている」田川は真顔に戻《もど》ってうなずいた。「そりゃあ、とにかくあっちはノーヘル文学賞だからね」それからまた、嬉《うれ》しげににこにこ笑った。「それにしても、どうだろうね。数万は売れるだろうかねえ」

「そう、そうですな」桜井はちょっとうろたえたが、しばらく眼を閉じてからうんとうなずいた。

「数万は出るでしょう」仮定の上に立っての話だから、少しは無責任になることもできる。「そう。数万なら、出ますよ」

「ふうん。そうかい。数万なら出ますか」田川はまた笑った。「ふふ。ふふふふ。ふふふふふふ」

「でもまあ、そんなことはお考えにならないでください」桜井はどぎまぎしながらいった。「ほんとに、冗談じゃありません」

「そうです」田川は真顔でうなずいた。表情には決意の色がみなぎっていた。「冗談じゃありません」

こいつは脅迫だ、と、桜井は思った。承文館の方もこの手で再版させたのではないかと、そうも思った。

「作家というものは、常に自殺を考えています」と、田川はいった。「いちども自殺を考えたことのない作家なんて、作家じゃない。どうですか。わたしが自殺して本が売れるのを見越して、こちらでも、今のうちから再版しておかれたら」

「いやどうも。そう搦手《からめて》からこられたのじゃかないませんなあ」こいつ、本当にやる気だぞと桜井は思った。背すじをひや汗が流れた。「それじゃ一度、営業部の方へ話してみましょう」

「ほう。そうですか。話してもらえますか」田川は眼を輝かせた。数千部程度の再版なら、出版部次長である桜井の権限内でどうにでもなることを、彼は知っていたのだ。

「それはありがたい。わは、わはは、わはははははははは」

帰りぎわに田川は、立ちあがった桜井に近づいて彼の眼をじっと覗《のぞ》きこみ、約束を破ったらただはおかぬと言いたげなきびしい口調で、それでもあいかわらずにやにや笑いだけは消さず、こう言った。「それじゃまあ、せっかく再版してくださるのだから、出来あがった本を見てから自殺することにしましょう。うは、うはは、うはははははは」

常人の眼ではない、と桜井は思った。

その日桜井は営業部次長の浜岡に、田川の希望を伝え、こうつけ加えた。「じつは、これは絶対に口外しないでほしいんだがね、どうも田川さん、自殺する気らしいんだ」

「本当か」浜岡の眼がぎら、と輝いた。「それが本当なら三冊とも二、三万ずつ再版してもいい。しかしなぜ、それがわかったんだ」

「むろん、本人が自殺すると断言したわけじゃない。だけど、冗談めかして言う裏に決意を感じたね、おれは」

「あんたの勘だけか」

「窮迫してもいるよ。それに最近、何も書けなくなっている」

「あの人、奥さんが小学校の先生だろ」

「息子が大学へ行くそうだ」

「寄附がいるってわけか」

「そうだ」

「でも、それだけの根拠じゃなあ」

「あの人の様子、君にも見せてやりゃよかったな。なかば死に憑《つ》かれているというか、なかば正気でないというか」

「凄《すご》かったかね」

「凄かった」

「そうか。最近何も書けなくなっているのか」浜岡は考えこんだ。「承文館も、出すとかいったな」

「うん」

「じゃ、君のいうことを信用して、うちでも出そう。とりあえず一万部ずつ出そう」

二か月ののち、田川保一の古い作品三冊がいっせいに再版され、書店に出た。

さらに一か月のちのある日、田川保一の自宅へ桜井から電話がかかってきた。

「やあ、田川さん。桜井です」

「ん。あ。やあ桜井さん。どうも、どうも」田川は具合悪そうに咳《せき》ばらいをした。「あの節はどうも。お蔭さまで助かりましたよ」

「あ。すると印税の方は、もう」

「ええ。ええ。いただきました」

「そうですか」桜井は咳ばらいをした。

「助かりました」田川が咳ばらいをした。

「ええと。ところでそのう、書店に出てからもう、一か月経つのですが」

「はあはあ」申しわけなさそうな口調で、田川は訊ねた。「で、あの、売れ行きの方はどうでしょうか」桜井に再版を迫った時の決意など、もうどこにも感じられないなさけない声とともに彼は溜息をついた。「売れてないでしょうねえ」

「売れてませんね」なじるように、桜井はいった。

「やっぱり、そうですか」田川は深く吐息をついた。

「困るんですよね」桜井の声が急にはねあがった。「わたしの権限で営業部に、強要に近い形で再版を命じた以上、わたしの責任問題になってくるんです」

「はあ」蚊《か》の鳴くような声で、田川は詫《わ》びた。「申しわけありません」

「各一万部、合計三万部、これ、全然売れないとなると、大変な損害なんですよ」

「よくわかります」

「ですから田川さんも」早く自殺しろとはさすがに言えず、桜井はちょっと絶句し、咳ばらいをした。

田川も、咳ばらいをした。

「ですから田川さんも、その、よくお考えになってください」

「は、はい。よく考えましょう」田川は受話器を耳に押しあてたまま、深ぶかと頭をさげた。

「早急に、なんとかその、か、か、考えます」

「そうですね。早急にその」咳ばらいをした。「なんとか、ね」

受話器を置いて、田川はまた溜息をついた。桜井はきっと、あの時の田川の演技にだまされた、と思っていることだろう、田川はそう考えた。しかし、と、田川は顔をあげ、宙を睨み据《す》えた。あの時には、おれは本気だったのだ。ほんとに、再版さえしてもらえたら、すぐにも自殺する気だった。いったいなぜ、おれはあの時の決意を失ってしまったのか。印税が入ってきて、生活が少し楽になったためもある。妻や息子が金のことでやかましく言わなくなり、家庭が少し平和になったせいもあろう。しかしいちばん大きな原因は、本が再版され、二、三の書評で再評価され、そのためいくつかの雑誌社から短文の依頼がきたりして、仕事に対する欲が出てきたからだ。そうにきまっている。しかしあの時のおれの決意は、それくらいで簡単に失ってしまう程度の決意だったのだろうか。そうではなかった筈《はず》だ。

強くかぶりを振りながら、田川は立ちあがり、小さな書斎の中をうろうろと歩きまわった。

「おれにはもう、どうせ小説は書けないのだ」自分に言い聞かせるように、彼はそうつぶやいた。

「短い随筆ぐらいなら書けても、どうせ、以前書いていたような小説は、いや、どんな種類の小説であっても、おれにはもう二度と書けない。絶対に書けない。それはすでに三年ほど前からよくわかっていた筈だ。おれは自殺するしかないのだ。おれが自殺したというニュースによっておれに対する興味を人びとに抱かせ、おれの昔の小説をより多くの、新しい読者に読ませるためにも。また、おれという作家をジャーナリズムに再認識させ、おれの名を文壇に、文学史に残すためにも。そして」田川は鴨居《かもい》を見あげた。「そして、桜井との約束を果たすためにもだ」彼は強くうなずいた。「自殺しなきゃいかん。自殺しないと、桜井を裏切ることになる。彼は本当は商売熱心ないい男なのだ。彼をだましたりしてはいかん」呪文《じゅもん》を唱えてでもいるかのように彼はぶつぶつとつぶやき続けた。自分に暗示をかけるためでもあった。

兵児帯《へこおび》をとき、両手で引っぱって強さをためしてから、田川はそれを鴨居にかけた。

「そうとも。おれは義理固い男だ。死ななくては、信義にかかわる。信義。そう。信義の問題だ」彼のひとりごとは、今やうわごとに近かった。黒眼が吊《つ》りあがっていた。

部屋のあちこちにいっぱい積み重ねてある本をひと山運んできて、鴨居からぶら下げた兵児帯の下に置き、田川はその上に立った。和服の前がはだけたが、そんなことにかまってはいられない。タイミングの問題だった。死ななければならないという気持に迫られている時をのがしては、はたして次はいつ、自殺する気になることやら、さっぱりわからないのである。彼は兵児帯で輪を作り、その中に首を突っこんだ。

「オンアボキャーベーロシャ」みなまで唱え終らぬうち、彼は本を蹴《け》った。

本の山が崩れた。田川は鴨居から、だらりとぶらさがった。田川の足が宙を蹴った。足は畳から十数センチも離れていた。田川は白眼を剝《む》いた。屁《へ》が出た。鴨居がぎし、ぎしと大きな音を立てて軋《きし》んだ。

ばしっ、という音がして、急に楽になり、田川のからだは一瞬宙に浮き、それから畳の上にひっくり返った。

どどどどどどどどど。

倒れた田川のからだの上へ、鴨居が落ちてきた。次いで土砂が、驚くべき大量の土砂がばらばらになった天井板とともに落ちてきた。田川の眼の前へ、梁《はり》が折れ口のぎざぎざした面を見せて、どしっ、と落ちてきた。そして最後にけたたましい音を立て、次から次へと屋根瓦《やねがわら》が落ちてきた。田川は土砂にまみれてまっ白になりながらも、頭を手で覆い、背を丸め、瓦の爆撃から身を守ろうとした。瓦の落下は永遠に続くかと思われるほどだった。

「へえぇ。鴨居にぶら下がっただけで屋根が落ちるとは、よっぽど古い家だったんですなあ」

崩壊した田川の家の一画の前の道路に立ち、警官があきれたように叫んだ。

「は、はい。その、何しろその、明治の頃《ころ》からの家で、その後、手入れもせず」しどろもどろの田川は、まだ和服の前をはだけたままだった。頭髪も眉毛《まゆげ》も埃《ほこり》と土砂でまっ白けである。

近所の連中が道路へ出てきて、田川の家族や警官や、そして田川自身をとりかこみ、あきれたように突っ立っている。

「いったいあなた、まあ、どうして鴨居にぶら下がったりしたんです」

田川の妻が老眼鏡越しに田川を睨みつけ、ヒステリックにそう叫んだ。

「ん。その、何だ、最近ちょっと腹が出てきたもんで、運動しようと思って、その」妻と警官を交互に見ながら、田川はおろおろ声で弁解した。「鴨居で懸垂をした」

「なんだってまあ、そんなくだらないことを」妻は泣き声を出した。「どうするつもりなんですよ。またお金がいるじゃありませんか」

妻の背後に立っている、田川より十センチ以上背の高い彼の息子が、白い眼で田川を睨みつけた。「この、バカ」

中年の警官は、ぶつぶつ言いながらしばらく書斎のあとを歩きまわった末、梁を持ちあげて観察し、大きくうなずいた。「腐っていたんだ」

「なんですあなた。ご近所のかたが見てらっしゃるのに、そんな恰好《かっこう》で」

妻の声に、田川はあわてて、あけっぴろげだった和服の前を重ねあわせた。ぼろぼろのシャツと汚い股引《ももひ》きが丸見えだったのだ。

「兵児帯はどうしたんです。兵児帯は」

「う、うん。どこかへ落したらしいな」

妻が泣き顔で近所の連中に詫《わ》びはじめた。「ろくでもない騒ぎを起しまして、何と申しましてよろしいやら、ほんとにまあ申しわけございません」

おれは運が悪い、そう思いながら田川は、いつまでも崩壊した自分の書斎を茫然《ぼうぜん》と見つめ続けていた。

それから三日後、田川は都心にある高層ホテルの六階にシングルの部屋をとって入った。ホテル代は高いから、家族には安宿にこもって仕事をすると言ってある。うまい具合に書斎が崩れたあとなので、彼がそう言えば家族は信用した。本当は田川はこのホテルで飛び降り自殺を敢行するつもりなのである。

換気のよくきいた快適なホテルの一室で田川は、以前から何度も書きなおしている遺書にもう一度手を入れ、より文学的にし、そして清書した。封筒に入れた遺書を机の上に置き、田川は立ちあがった。部屋の中を歩きまわりながら、彼はまたぶつぶつとつぶやきはじめた。

「今度は楽に死ねるぞ。うん。今度は楽に死ねる。首吊りなどという、あんな苦しいことは二度とご免だ。飛び降りってのは落ちて行く途中で気を失うらしいからな。なんの苦痛もなしに死ねるのだ。死のう。死のう。この先いくら生きていたって生き恥をさらすばかりだ。作家というものは、小説が書けなくなってから長生きしてはいけない。長生きすればするほど文名は落ちる。早いめに自殺すれば惜しまれて死ぬことになり、それだけ文名もあがるのだ」

窓に近寄り、田川は部厚い金属のサッシュで枠組《わくぐ》みされた重いガラス窓をぐいと押しあげた。静かだった室内に、驚くほどの大きさで地上からの騒音が流れこんできた。田川は地上を見ないようにした。眼を閉じた。室内へ二、三歩あと退った。深呼吸をし、それから咳ばらいをし、また深呼吸をした。

身構えた。

地上から聞こえてくる騒音がますます大きくなった。それは今や、ただごととは思えぬ騒がしさだった。

「おい。何してるんだ。早く逃げろ」

人声に眼をあけると、窓の彼方にひとりの男がいて、大声で田川にそう叫んでいた。

男は消防夫の恰好をしていて、梯子《はしご》に登っていた。

田川は窓から地上を見おろした。せまいホテルの庭は野次馬《やじうま》でいっぱいだった。出動してきた消防車、梯子車、パトカーなどの周囲にぎっしり集ってきていて、追われても怒鳴《どな》られてもまた集ってきて、その数およそ三百人、いずれも口をあけてホテルを見あげ、わいわい騒いでいる。

田川は驚いて窓から身をのりだし、上の階を見あげた。八階と九階の窓からは猛烈な勢いで噴き出す黒煙に混って赤い炎の舌先がへらへらと躍り出ていた。

「か、火事だ」

腰を抜かしそうになりながら、田川はあわてて窓ぎわから離れた。膝《ひざ》をがくがくさせながら、顫《ふる》える手で荷をまとめた。「た、た、助けてくれ。助けてくれ」鞄《かばん》に書物をつめこみながら、彼は悲鳴まじりに叫び続けた。「こ、こ、ここで焼け死んではいけない。焼け死んでは事故死ということになってしまう。おれは自殺しなければならないのに」

ドアをあけて廊下に出ると、階段室からもくもくと流れ出てくる黒煙が、すでに田川の数メートル先にまで迫っていた。

「うわ」田川は足をもつれさせながら大あわてで逆の方向に逃げ出した。

やっと別の非常階段を見つけて一階まで駆け下り、正面の庭に出てホテルの細長い建物を見あげると、火はすでに六階にまで燃えひろがっていた。六階より上の階がどんな有様かは、さっき田川がいた部屋のあたりの窓から噴き出るもうもうたる煙にさえぎられて、まったくわからない。

「死神に、二度も見はなされた」田川は悄然《しょうぜん》としてそうつぶやいた。二度も死に損なうと、死ぬ気をなくしてしまう。その後しばらく田川は自殺をあきらめ、といって積極的に仕事をしようというでもなく、桜井からの電話をおそれながら、ぶらぶらと過した。

ホテルで火事に遇ってから一週間めの朝、桜井から、ふたたび電話があった。

「もしもし。桜井です」

田川は首をすくめた。「あ。これはどうも」

「あのねえ、あなたの本がねえ、全然売れないんですよ」桜井の声も悲愴《ひそう》だった。

「よ、よくわかっております」

「あなた、どうしてくれますか」急に桜井の声が重くなった。「あなた以前、早急に考えると言ったでしょう。何を考えてくれましたか」暗く鋭く、凄みのある声だった。

「はあ。それはもう、いろいろと」二度も自殺を試みたことは言わなかった。弁解と思われるにきまっていた。

「責任は感じていますか」

「います。います」

「感じているだけじゃだめなんですよ」

「そうですね」

「責任をとってください」

「とります」

「いつ、とりますか」

「早急に」

「早急にって、いつですか」

「い、い、今です」

追いつめられ、受話器を置き、田川はきょろきょろと家の中を見まわした。午前中なので妻は勤めに、息子は大学へ行っていて、家には彼ひとりである。そこは茶の間だった。書斎が潰《つぶ》れて以来、田川は茶の間で仕事をしているのである。茶の間の隅《すみ》にはガスの元栓《もとせん》があった。

「もう、手段なんか選んではいられないぞ」立ちあがった。「今、おれは追いつめられた。そうだ。おれは追いつめられているのだ。追いつめられている時こそ、思いきってやってしまうべきだ。死のう。い、い、い、今死のう」

彼はあたふたと台所へ駆《か》けこみ、ゴム・ホースを持ってきて元栓につないだ。それから布団を敷き、ホースの先端を掛布団の下へひきずりこみ、茶の間を密閉した。元栓を開き、布団の中へもぐりこみ、掛布団を頭からかぶった。

窓の外で、雀《すずめ》がち、ち、ち、ちと鳴いている。遠くの車道の、車の警笛がかすかに響いてくる。眠気をさそう唸《うな》りをあげて、ヘリコプターの爆音が近づき、また遠ざかっていった。

田川は布団の中で念仏を唱え続けた。

いつまで経っても、意識ははっきりしていた。十分経ち、二十分経ち、そして三十分経った。ガスの臭いがまったくしないことに、やっと田川は気がついた。

家の前の道路を、広報車が通っていった。

「町内の皆さま。道路工事のため、本日十時から午後の三時まで、ガスが止まります。皆さま。現在ガスは止まっております」

布団の中で、田川はすすり泣いた。

泣いてばかりはいられなかった。なんとかして死ななければならないのだ。

その夜、友人の家へ行くといって家を出た田川は、町はずれの田圃《たんぼ》の中を走っている鉄道線路の上に立った。いちばん近くの人家の灯さえも遠くに見え、あたりは静かである。汽車に轢《ひ》かれて死のう、と、田川は考えたのである。

枕木《まくらぎ》の上に横たわり、一方のレールに頭をのせ、もう一方のレールに足をのせた。

「こうすれば、死ぬのは確実だ」彼はそうつぶやいた。

夜空には、星が出ていた。田圃の中では蛙《かえる》が鳴いていた。夜風はうすら寒かった。汽車はなかなかこなかった。だが必ず来る筈だった。時刻表を見てきているし、国鉄がストライキをやっているというニュースも聞いていない。彼は仰向《あおむ》きに横たわったまま汽車を待ち続けた。退屈だったのでオナニーをした。それから立ちあがり、斜面をおりて田圃に向かって小便をし、また引き返してレールに頭と足をのせた。

遠くで汽笛が聞こえた。

「来たぞ。来た」田川は手足を突っぱった。

「き、き、き、来た」歯ががちがちと音を立てた。「死ねる。こ、こ、今度こそ死ねるのだ」

轟音《ごうおん》が近づいてきた。地ひびきが次第にはげしくなった。確実な死を伴った轟音と震動だった。あまりの凄さに、田川はあらぬことをわめき散らした。何かを叫び続けないではいられなかった。

「オ、オンアボキャーのナムアミダ。悪《あ》しきを払《はろ》うて助けたまえ。信じる者は救われる。人は枕木、死ねば寿司」

頭をレールにのせていられないほどの激しい震動だった。地震にも劣らぬ震動に加えて、耳を聾するばかりの轟音が田川の上にのしかかってきた。

「わあああああ」

もう我慢できなかった。田川は蛙跳びにレールからとび離れ、斜面をころがった。その彼の頭のすぐ上を、轟ごうと音を立てて列車が通過しはじめた。

「死ねない」田川は土手の草をひっこ抜き、あたりに撒《ま》きちらしながら泣きわめいた。

さんざ泣いてから、彼は立ちあがった。「汽車がきても、絶対に逃げられないようなところで寝ころがっていればいいんだ」うなずいた。「そうだ。鉄橋の上か、トンネルの中がいい。鉄橋なら、北へ二キロ歩けば磯馴《いそなれ》川の鉄橋がある」レールの上を歩きかけ、田川はすぐに立ち止まった。

「だめだ。鉄橋の上だと、恐怖のあまり川へ飛びこんでしまうだろう。そして具合の悪いことに、おれは泳ぎが達者だ。冬なら心臓麻痺《まひ》で死ねるだろうが、今は初夏だ」かぶりを振り、彼はレール上を逆方向に歩き出した。「絹田《きぬた》山のトンネルへ行こう。あっちは南へ一キロだ。あっちの方が近い。あのトンネルの中へ何百メートルか入って、レールに寝ていればいい。汽車が来たってトンネルの中だ。どこへも逃げられない筈だ」歩き続けた。

夜風が次第に冷たくなってきた。さっきの轟音と震動の恐怖のためと、オナニーをしたためにかいた汗が乾き、背中がぞくぞくした。彼はくしゃみをした。

「風邪をひいたって、かまうものか」と、また彼はひとりごちた。「どうせ死ぬんだ」

ぽっかりと黒い口を開いたトンネルの中へ、田川は入っていった。トンネルの壁のところどころには常夜燈がついていて、壁の苔《こけ》を照らしていた。水滴が軽い音を立てていた。田川は歩き続けた。トンネルに入ってから、すでに数百メートル歩いていた。

前方で、汽笛が聞こえた。田川の足がすくんだ。

「ひゃっ。もう、来た」

べったりと、彼は線路の中央へ腰を落した。それからがたがた顫えながら、レールの上へゆっくりと頭をのせ、足をのせた。

汽車が近づいてきた。トンネルの中なので、その轟音の激しさはさっきの比ではなく、とてもこの世のものとは思えなかった。震動がはじまった。

「わあ。助けてくれ」

矢も楯もたまらず田川はとび起きた。レールの上を、トンネルの入口に向かって走りはじめた。下駄《げた》をとばした。何度もつんのめった。轟ごうと咆《ほ》えたけり、汽車は背後に迫った。彼方に、トンネルの入口が白く小さく光っていた。息が切れた。とても逃げきれないとわかっていながら、田川は走らずにいられなかった。心臓が口からとび出しそうになってきた。

枕木につまずき、田川は俯伏《うつぶ》せに倒れた。「わっ」彼は背を丸め、両手で頭をかかえこんだ。

「もう駄目《だめ》だ」

ごととん、ごととんと巨大な車輪の音を響かせて、列車は隣りのレールの上を通り過ぎていった。田川は逆方向のレール上を走っていたのだ。

「また死ねなかった」田川は半狂乱になり、トンネルの中で泣き叫んだ。

次の日から田川は四十度に近い熱を出し、寝込んでしまった。そしてのべつ譫《うわ》ごとを口走り続けた。「いかん。死んじゃいかん。病気などで死んじまったら大変だ。本が売れなくなる。今死ぬわけにはいかん」

死んじゃいかん、死んじゃいかんと言い続けているうちに二、三日経ち、少し熱がひいてどうにか正気も戻ってきた。勤めを休んで彼の看護をしていた妻も、もう大丈夫だろうというので出かけていって、家に田川がひとり残されたその日の朝、週刊誌の記者から電話がかかってきた。

「じつは来週号で、若者の自殺についてという特集をやります。そこで先生のご意見をうかがいたいのですが、先生は今流行している青年の自殺をどうお考えでしょうか」

「わたしには、自殺した若者たちについて意見を述べる資格など、ありません」

「それはどうしてでしょうか」

「無事に自殺できた若者たちを羨《うらや》ましく思い、また、その勇気に感心しているからです。それにわたし自身、何度も自殺しそこなっているからです」

「ははあ。それは先生のお若い頃の」

「いやいや。つい最近です。今月になってからの話です」

「えっ。それをもっと詳しくお話しいただけませんか」

死ねなかった腹立ちでやけのやんぱち、まだ少し熱に浮かされていた田川は、先日来の自殺未遂の顚末《てんまつ》を、前後もわきまえず洗いざらい喋ってしまった。もちろん少しは常識も残っているから、桜井との約束の一件だけは彼に迷惑がかかってはと思い、洩《も》らさなかった。

じっと笑いをこらえて聞いていた記者が、田川が喋り終るなり叫ぶようにいった。

「これは単なるコメントとして扱うには勿体《もったい》ない。これからちょっとそちらへうかがいます」すぐさまカメラマン同行で取材にやってきた。

田川の自殺悲願のいきさつが面白おかしく週刊誌で四ページの記事にされると、たちまち囂《ごう》ごうたる反響があり、嘘《うそ》っぽちだ売名行為だ作家の風上にも置けぬやつといきまく文芸評論家、小説が書けなくなった作家の悲劇だ笑ってはいかん笑ってはいかんとマスコミの面白《おもしろ》がり様をたしなめる老作家、中には自殺しようとしてなかなか死ねなかったという多くの例を持ち出してその心理を分析してみせる心理学者などもいて、たちまち田川は時の人になってしまった。

さっそく桜井から電話がかかってきた。

「やあ田川先生。どうもどうもどうもども」

「はあ。これは桜井さん。どうも」

「さすがは作家だ。先生にあんなユーモアのセンスがあるとは思いませんでしたよ」

「え。ユーモア」

「そうですとも。面白い話でみごとにマスコミを踊らせたじゃありませんか」

「いや。あれはみんな本当の」

「いいんです。いいんです。わたしにはわかっているんですから。心得ています。どうぞご心配なく」

「あのう、あなたとの約束の件だが」

「ありがとうございます。ああいう形で果たしていただけるとは思ってもいませんでした。お蔭さまで本は売れています」

「え。え。本が売れているんですか」

「はい、はい。いずれは増刷になると思いますが、今日はとりあえずお礼の電話を」

ぺらぺらと喋り続ける電話の中の桜井の声をうわの空で聞きながら、田川の気持は複雑だった。たしかに田川は、マスコミの力にたよって読者を獲得しようとした。そのために自殺しようとしたのである。ところが今は、やはりマスコミの力によって、自殺しないままに読者を獲得しつつある。

予想と大きく狂ったところは、世間に悲劇の作家というイメージをあたえず、喜劇の作家というイメージをあたえてしまったことだ。世間の連中は、この馬鹿はいったいどんな変な小説を書いているのだろうといった興味で本を買っているにちがいない。これは田川の本意ではなかった。作家である以上は尊敬されたい。だが笑われていたのでは尊敬はされない。本を読んだぐらいでは認識をあらためてはくれないだろう。

まあ、死ななくてすんだのだから、それくらいは我慢しよう、と、やがて田川はそう思いはじめた。すっかり自殺がいやになっていたからである。しかも約束は果たし、本は売れ続けているのだ。そうだ。これで満足すべきなのだ。

そして数か月後、田川の小説が著者自身ほど面白いものではないことがわかってきたためか本の売れ行きが急に下り坂になってきたある日、道を歩いていた田川は、中学校の校庭からとんできた野球のボールが頭にあたり、ひっくり返って車道へころがり出たところを軽四輪にはねられてあっさり死んでしまった。

ホルモン

「まあ。ブロン。まあ、あなた。またなの。お歳《とし》を考えてくださいよ。あなた、七十二歳なのよ。やめてくださいったら。とんでもないわ。ひと晩に二回もなんて。しかもこれで五日間、ぶっ続けじゃありませんの」

「そうなのじゃ。わしもあきれておる。まったく、すごい利きめじゃわ」

「あら。利きめって、なんの利きめなんですか」

「睾丸《こうがん》の抽出液じゃ」

「あらいやだ。また変なもの作って、ご自分で飲んで試したんですか。あっ。あっ。やめてくださいったら」

「なあに、自分で作った薬ではない。ほら、お前も知っておろうが。アランの飼っとるシェパードのルネが大怪我《おおけが》したのを」

「ええ、ええ。可哀《かわい》そうにねえ。植込みを跳び越したはずみに、大サボテンのトゲでお腹を引き裂いちゃったんですって。あら。あら。ご無体な。い、痛いっ。まあっ。またこんなに大きくなって。ブロン。ああ。あなたったら」

「それがじゃ、ルネは腹を引き裂いただけではなかった。あの大サボテンをあとで調べてみたら、トゲのひとつにルネの睾丸が突き刺さっておっての」

「あらまあ。睾丸がですか。まあ、痛かったでしょうね。痛いっ。痛い痛い痛い。無理ですわ。ブロン。そんな、そんな大きなものを根もとまで」

「まあ、小娘のように痛がるもんじゃない。お前の方だって五十年も使い古せば相当拡がっとるじゃろに」

「それにしても」

「まあ、聞きなさい。わしは前から、生体の細胞組織ちゅうのはそれ自身のために特殊な分泌物を出しとるのではないかと思うとる。で、この分泌物は関連のある他の組織にも影響をあたえる筈《はず》じゃ」

「ああ。ああ。ああ。ふーん。ああ。ああ。ふーん」

「とすれば、睾丸の抽出液も、睾丸だけでなしに他の部分にも影響をあたえる筈じゃろうが。わしはそう思うて、ルネの睾丸を水で抽出した液を、わし自身のからだに試したのじゃ」

「ああ。ああ。助けて。助けて」

「わしの考えは間違ってはおらなんだぞ。あの抽出液は、生物をまったく若返らせてしまう、強力な効果があった」

「ああ。もう駄目《だめ》。もう駄目」

「すばらしい効果じゃ。わしはこのことを学会に発表する」

「ああああああああ」

「あああああああああ」

(フランス生理学会報一八八九年十一月号・ブロン＝セカール「内分泌における血液的相関関係」より)

誰にもきく？　若返りの妙薬！
ブロン＝セカール博士の大発見！

このたび生理学の権威ブロン＝セカール博士は、すばらしい若返りの妙薬を発見した。その妙薬とは犬の睾丸より抜き取った液のことであって、これを老人に注射してみたところ、その人物は約三、四十年も若返り、性的能力が飛躍的に高まったという。セカール博士が実験台となった人物の氏名の公表を避けているところから考えて、その老人とは博士自身のことではないかと噂《うわさ》されている。

(エコー・ド・パリ紙一八八九年十二月九日付)

セカール夫人死去

我国有数の生理学者ブロン＝セカール博士夫人エミリーは、十二月十八日早朝、心臓発作にて死去。享年六十八歳。

(フィガロ紙一八八九年十二月十九日付)

殺犬事件頻発
パリ市内の奇怪な現象

最近パリ市内において、野犬はもとより、邸宅に飼われている飼犬までが何者かによって殺害されるという事件が何百件も発生し、パリ警察では頭を痛めている。手口が同じではないため同一人の犯行とは思えず、どうやら素人による犬殺しが流行しているのではないかと警察では見ている。このおかしな流行の原因は、現在のところ不明。

なお、殺害された犬が牡《おす》であった場合はすべて睾丸が抜き取られているという事実も、この連続殺犬事件の謎《なぞ》をいっそう深めている。


（エコー・ド・パリ紙一八九〇年一月二十日付）

シモーヌ・ド・ゲレス夫人死去

社交界の花形として艶聞《えんぶん》をふりまいていたシモーヌ・ド・ゲレス夫人は二十五日夜、狂犬病のため五十八歳で死去。

彼女は一週間ほど前、若返りの薬と称して飼い犬十二匹を殺し、その睾丸をむさぼり食ったが、犬を絞殺する際一匹に噛《か》まれた手の傷がもとで狂犬病となったものである。

（エコー・ド・パリ紙一八九〇年一月二十五日付）

フランソワ・ベルジュレ嬢死去

社交界の花形として艶聞をふりまいていたフランソワ・ベルジュレ嬢は二日夜、パリ市内某氏宅で原因不明の病気により死去。享年二十九歳。

彼女は当日、若返りの薬と称して犬の睾丸百六十四個（下女談）を生のままで呑《の》み、その直後社交界の名士であるA・J氏宅に赴《おもむ》いて寝室で談笑中（?）突如泡《あわ》を吹いて荒れ狂い、自ら衣服を脱ぎ棄て全裸となってベッドに仰向《あおむ》けに倒れ、全身を痙攣《けいれん》させて何度も叫び、五回失神してから（?）死亡した（A・J氏談）という。

なお、彼女の死因について生理学者ブロン＝セカール博士はこう語った。

「犬の睾丸をそのまま食べても若返りにはならない。睾丸から液を抽出することは、むずかしい科学的技術によらなければ不可能である。素人の知識で、最近の学問の成果を利用しようとするのは、はなはだ危険だ」

（エコー・ド・パリ紙一八九〇年二月二十一日付）

昨年暮より異常なほどの高騰《こうとう》を続けていた猟犬、愛玩犬《あいがんけん》の価格は、二月末ごろより急に正常に戻《もど》った。

（フランス畜犬組合報三月号）

最近フランスでは生理学者ブロン＝セカールの業績が、その《若返り法》特に性科学的側面で一般にもてはやされている。しかし、《生体の各組織細胞から分泌された物質が血液の仲介によって他の関連細胞に影響をあたえる》ということぐらいなら、昨年、すでにわが国のヴァサレが、甲状腺の切除及び甲状腺の抽出物の注射によって実証している。いわばセカールは、ヴァサレの成果を盗んだのである。

（イタリア外科医学会報一八九〇年五月号巻頭論文より）

盗んだとは何事であろうか。イタリア医学界はフランスの生理学界を侮辱するのであろうか。

（フランス生理学会報一八九〇年七月号巻頭論文より）

最近イタリアの外科医学会では、甲状腺に関する研究成果を自国の誇りとして主張しているが、そんなことはすでに一八八四年、わが国のシッフが、甲状腺の切除及び移植の研究で実証してしまっている。いわばイタリアは、ドイツ科学界の成果を盗んだのである。

（ドイツ耳鼻《じび》咽喉《いんこう》科医学会報一八九〇年十一月号巻頭論文より）

盗んだとは何事であろうか。ドイツの医学界はイタリアの医学界を侮辱するのであろうか。

（イタリア外科医学会報一八九一年二月号巻頭論文より）

高峰譲吉「やった。とうとう結晶を分離したぞ」
高峰譲吉の妻「あなた。うれしいわ」
高峰譲吉「これでお前の赤面症がなおるぞ」
高峰譲吉の妻「あなた。うれしいわ」
高峰譲吉「お前の気管支喘息《ぜんそく》も、なおしてやれるよ」
高峰譲吉の妻「あなた。うれしいわ」
高峰譲吉「これをアドレナリンと名づけることにしよう」
高峰譲吉の妻「あなた。うれしい、あ、あらあら。何をなさるの。こんなところで。急に興奮して。昼間っから。よしてくださいな。ごほ。ごほごほ。ごほごほごほごほ」

（坂実「日本応用化学史」より）

オードリッチ「しまった。その結晶ならわしも今年の春（一九〇一）に分離させたばかりだ。ええい。早く命名してしまえばよかったのだ。興奮剤だといって女房にあたえて楽しんだばっかりに。残念だ」

（日本応用化学会編「世界応用化学史」より）

スターリング「わたしはこのたび、《膵液《すいえき》分泌が、十二指腸の上皮細胞から分泌されている化学的物質によって促される》ことをあきらかにした。この分泌物はじめ、フランスのブロン＝セカールが言及した特殊な分泌物を、わたしはホルモンと名づけたい」

（イギリス生理学会誌一九〇五年八月号より）

スターリングなどに、《ホルモン》などと命名する権利はなかった。わが国の生理学会にこそ命名権があったのだ。

（フランス生理学会報一九〇七年十月号より）

スターリングは間違っている。血液的相関関係における作用物質がすべてホルモンだというなら、ブドウ糖はホルモンか。尿素《にょうそ》はホルモンか。炭酸ガスはホルモンか。馬鹿にするな。

（ドイツ応用化学会誌一九一一年一月号巻頭論文より）

イギリスの学会はけしからん。わがドイツ帝国の科学的成果たる物質に、勝手にホルモンなどと命名した。

（ベルリナー・モルゲンポスト紙一九一二年八月二十日付社説より）

一九一四・八・三　　ドイツ、フランスに宣戦布告。
一九一四・八・四　　イギリス、ドイツに宣戦布告。
一九一四・八・二十三　日本、ドイツに宣戦布告。
一九一四・八・二十八　イタリア、ドイツに宣戦布告。
（平凡社「世界大百科辞典」セカイタイセン第一表「第一次世界大戦における宣戦布告一覧表」より）

「おう。酋長《しゅうちょう》アロウヘッド。あなた、何するか。わたし人妻。わたしランニングベアの妻。無理いけない。何するか。あ。それいけない。大声出す。ひと呼ぶ。いいか。あ。そこいけない」
「おう。ムーンフェイス。お前可愛い。お前人妻。でもかまわない。わたし大酋長アロウヘッドの十二代目。わたしムーンフェイスを愛する。ここで犯す。アロウヘッド、とてもたまらない。我慢できない。ここでする。地べたでする。お前の、満月のような顔、とても可愛い。許せ」
「いけない。わたしのこの顔、病気でむくんでいる。だから満月のようになる。わたし病気。眉毛《まゆげ》全部抜けた。まつ毛全部抜けた。手足冷えている。感覚ない。わたし病気」

「心配ない。それならこの部落の者ぜんぶ眉毛ない。まつ毛ない。わたしも眉毛ない。まつ毛ない」

「それ、みんな病気。白人そう言った。この部落の者、みんな病気」

「ムーンフェイス、それ本当か」

「本当。わたしいちばん重病。わたし死にかけている。だから、わたしを犯す、よくない」

「ムーンフェイス。明日このインディアン保護地区出て、お前白人の町へ行け。そして白人の医者に診《み》てもらえ。白人みんな親切。薬くれる。その薬もらって帰ってくる。みんなに配る。みんな、病気なおる」

「わかった。ムーンフェイス、明日、白人の医者のところへ行く」


「大酋長アロウヘッド、ムーンフェイス今帰った」

「病気のこと、わかったか」

「病気のことわかった。わたしのこの顔、満月様顔貌《がんぼう》といった。白人の医者、みんなの病気のこと、甲状腺ホルモンの不足といった。粘液水腫《すいしゅ》といった。ゴイターともいった」

「アロウヘッド、よくわからない」

「ここ、山岳地帯。岩の間の急流、水の中にヨードがない。みんな、そのヨードが足りない。だからゴイターになる」

「白人の医者、薬くれたか」

「白人の医者、明日ここへやってくる。たくさんたくさん、甲状腺ホルモン持って、みんなに注射をするためにやってくる」

「おう。白人、みんな親切」


「白人の医者、ほんとに親切。こんなにたくさん、甲状腺ホルモンの注射液、置いて帰った」

「これ、一日に一本注射するか」

「一本より、二本注射した方が、病気早くなおる」

「二本より、三本注射した方が、病気早くなおる」

「三本より、いちどに五本注射した方が、病気早くなおる」

「よし。みんな、ひとり一日に五本、注射する。薬なくなったら、白人また持ってきてくれる。白人の医者、親切」

「毎日、五本注射すればよいか」

「酋長アロウヘッド、許す。一日五本注射してよろしい」

「出てきた。出てきた。出てきたよ。ほうら出てきた」

「みんな眼球出てきたよ」

「わたし、眼球とび出しすぎて、夜、眼がふさがらない」

「酋長。どうすればよいか。前の病気なおったら、別の病気出た。困るよ」

「おう。大酋長アロウヘッド。わたしの夫ランニングベア、怒りっぽくなって、いつも腹を立てている、困るよ。昨夜もわたし、殺されかけた」

「あれ、怒ったためと違うよ」

「ムーンフェイス。お前痩《や》せたな」

「わたしもうムーンフェイスと違う。わたしがりがりに痩せた」

「わたしすぐ、のぼせる。汗かく。前の病気の方がまだよかったよ」

「この部落、病気なくならないよ」

「白人、また嘘《うそ》ついた」

「白人、皆殺しするか」

「よし。白人攻める」

「大酋長アロウヘッド、皆に命令する。白人に総攻撃かける。皆殺しにして頭の皮剝《は》ぐ。それ。進めや進め」

「ほほほほほほほほ」

「ほほほほほほほほほ」

（アメリカ・インディアン保護協会報一九一六年五月号）

バセドー氏病のインディアン
プエブロ市を襲撃

十六日正午ごろ、パイクス山保護地区のインディアン約五十人が、プエブロ市を襲撃、白人男性四十一人、白人女性八十七人を殺傷した。騎兵隊ならぬ警官隊が出動してインディアン数人を射殺、残りのインディアンを追い払った。
なお、襲撃してきたインディアンはなぜかすべてバセドー氏病であった。保護協会所属の医者の話によれば、インディアンたちは非常に怒りっぽくなっていたそうで、これはバセドー氏病が原因ではないかということである。

（コロラド・トリビューン紙一九一八年五月十八日付）

コロラドのプエブロ市におけるインディアン襲撃事件のおかげで、バセドー氏病の原因があきらかになった。バセドー氏病とは、甲状腺機能の異常亢進《こうしん》による疾患だったのである。
この病気の命名者は、この病気を独立疾患と考え、眼球突出性甲状腺腫《しゅ》として一八四〇年に報告したカール・アドルフ・フォン・バセドーであるが、われわれは今後もこの病気のことを、便宜上バセドー氏病と呼ぶことに決定した。

（アメリカ内科医学会誌一九一八年十二月号より）

アレン「ホルモンが性的能力を高めることはどうやら確かなようだぜ」
ドイジー「よし。いちど彼女で実験してみようじゃないか。おれ、この間彼女の生殖腺を、彼女が眠っているうちに手術して、こっそり切り取ってあるんよ」
アレン「おれ、この間女房の卵巣から、これを抽出したよ」
ドイジー「よし。そいつをひとつ、おれの彼女に注射してみよう。どう作用するかな。けけけけけけ」
アレン「どうだった」
ドイジー「いやあ。きいたきいた。おれ、ふらふらよ」
アレン「お前がふらふらになっただけじゃ、証明できんよ」
ドイジー「彼女が失神している間に、彼女の膣《ちつ》の一部分を切り取ってきたよ」
アレン「まったく、生理学者の妻や恋人になった女は災難だな。けけけけけけ」
ドイジー「まったくだ。けけけけけけ」
アレン「その膣を、顕微鏡で観察しよう」
ドイジー「どうだね」
アレン「しめた。きわめて明瞭《めいりょう》に細胞が角化している。これで証明できるぞ」

ドイジー「しかし、実験経過をどうやって報告するの。女の人権を無視したという世論の非難を浴びるんじゃないか」

アレン「なあに。ハツカネズミを使ったことにすりゃいいさ」

（アメリカ生理学会編「生理学年鑑」一九二二年版）

性の妙薬ホルモン！ 市販されるのはいつか？

ここ数年来、生理学者、応用化学者たちはホルモンを結晶としてとり出すことに異常なまでの熱意と努力を注いでいる。それはホルモンが性的能力を高めるという、確かな証拠が何度も実証されているからである。

ただ、残念なことに、ホルモンが分泌物の中に含まれている量はきわめて僅《わず》かであり、結晶を得るのはたいへん困難だということである。ホルモンの結晶が性の妙薬として一般に市販され、われわれ大衆の手に入るのはいつのことになるであろうか。

（デイリイ・ニューズ紙一九二三年八月二十四日付社説）

ホルモンの結晶が大量にとり出されるのはいつのことになるのであろうか。われわれはその日を待ち望んでいる。筆者もそのひとりである。夜ごと妻に責められているのであって、それはまあ、さておき、とにかく早くホルモンが市販される日が待たれるのである。生理学者、応用化学者の不勉強を責めるとともに、彼らの奮起をうながしたい。
（デイリイ・ミラー紙一九二五年二月六日付社説）

アッシュハイム「おい。あんたの奥さん、妊娠したそうじゃねえか」
ツォンデック「ああ」
アッシュハイム「うちの女房も八か月なんだがね。この間、女房の小便を飲んでいて、ふと気がついたんだが」
ツォンデック「な、なんだって」
アッシュハイム「ああ、君にはまだ話していなかったっけ。おれにはそういう趣味があるんだよ」
ツォンデック「ふん。それでどうした」
アッシュハイム「先日来、おれ、やたらと精力がついているんだよ。女房がやらしてくれないもんで、女の助手ふたりと浮気してるんだがね。ひと晩に軽く五回できるんだよ。そこでだね、おれの考えるのに、妊婦の尿《にょう》の中にはホルモンがだいぶ含まれているんじゃないかと」
ツォンデック「あっ。その可能性はあるな。よし。おれも試してみよう」
アッシュハイム「よう。その後どうだい。奥さんのおしっこ、試してみたかい」

ツォンデック「ああ、試したよ」
アッシュハイム「きいただろう」
ツォンデック「きいたとも。きいたとも。すごくきいた。ただ、ありあまった精力の捨て場に困ってるんだがね。おれには美人の助手がいないからね。しかたないから、今は馬とやってるけどね」
アッシュハイム「どうだい。女房たちの尿から、ホルモンの結晶をとり出してみようじゃないか」
ツォンデック「うん。さっそくやってみようか」
アッシュハイム「やれやれ。一トンの尿からたった一ミリグラムか」
ツォンデック「研究に協力させすぎて、女房は疲労で妊娠中毒症になって、お産に失敗するし」
アッシュハイム「うちの女房なんか、腎臓炎で死んじまった」
（オーストリー応用化学会誌「応用化学」一九二七年十月号）
ツォンデック「おいっ。えらいことを発見したぞ。妊娠した馬の尿は、妊婦の尿の十倍から四十倍のホルモンを含んでいる」
アッシュハイム「お前、それじゃ最近は馬の尿を飲んでるのか」
ツォンデック「ああ。あれ以来、女房が飲ませてくれないもんでね。あんたに教えられて以来、とうとう変な趣味ができちまったよ」
アッシュハイム「あっ。それじゃその馬が妊娠したのも、お前が」
ツォンデック「まさか。馬鹿なことを」
アッシュハイム「とにかく、妊娠した馬を集めて、結晶をとり出そうじゃないか」
ツォンデック「よし。やって見よう」
アッシュハイム「やった。ついにやった。七百トンの妊娠馬の小便から、一キログラムのホルモンの結晶がとり出せたぞ」
（オーストリー応用化学会誌「応用化学」一九三一年八月号）

最近、薬局、美容院等において《ホルモン入り皮膚クリーム》なるものが発売され、人気を呼んでいるが、化学者の分析によれば、あれは普通のクリームに馬の小便が混ぜてあるだけのものであるという。すべての女性はくれぐれも「ホルモン」ということばの持つ魔力にたぶらかされぬよう、注意してほしいものである。
（プティ・ジュルナル紙一九三一年十二月八日付社説）

オーストリーの学者が、ホルモンを結晶として大量にとり出した。わが国の学者はいったい何をしているのか。特にこの方面の権威であるブテナント博士など、怠慢と呼ばれてもしかたがないくらい、最近はなんの成果もあげていないではないか。わがドイツ帝国の化学者よ、奮励努力せよ。

（アングリフ紙一九三一年十二月八日付社説）

新鮮な小便買いたし。

化学博士ブテナント

（フェルキッシャー・ベオバハター紙及びアングリフ紙一九三一年十二月九日付広告）

ブテナント博士はこのたび十五トンの尿からホルモンの結晶を得た。わずか十五ミリグラムではあるが、オーストリーで妊娠馬の小便中から得られた濾胞《ろほう》ホルモンとは、また違ったホルモンであることがわかり、博士はこれにアンドゥロステロンと命名した。

（アングリフ紙一九三一年十二月二十日付記事より）

ブテナント博士は二年前に十五トンの尿からわずか十五ミリグラムのホルモンの結晶を得ただけで、以後沈黙を守っている。どうやらわが国で、ホルモンが大量に市販される日はまだまだのようだ。

（フェルキッシャー・ベオバハター紙一九三三年六月一日付社説）

ブテナント博士の怠慢は、わがドイツ帝国における科学界全体の恥である。

（アングリフ紙一九三三年十一月四日付社説）

化学者たちは一九三四年には黄体からホルモンを分離することができたが、ここでもまた非常な労力が必要であった。例えばドイツのブテナントは、五万頭分に相当する豚の卵巣六百キログラムから十二グラムの活性抽出物を得、それからわずか十二ミリグラムの結晶ホルモンを得たにすぎなかった。しかし今日ではこのホルモンを大量にしかも経済的に、コレステロールという豊富な原料からつくることができるようになったのである。

（ピエール・レイ著・波磨忠雄訳「ホルモン」より）

ブテナント博士自殺

わがドイツ帝国最大の化学者ブテナント博士は、昨二十五日自宅でピストル自殺を遂げた。原因は、破産であると見られている。

（アングリフ紙一九三四年七月二十六日付）

にせホルモン剤に注意！

最近各種ホルモン剤が売られ、爆発的な人気を得ているが、これらのほとんどはホルモンとは関係のない物質で作られている。

昨年暮より、房事過多によって死亡する人が増加した。これらの人はいずれも前記ホルモン剤を多量に服用し、精力が増強したと錯覚して過度の性行為を営んだ末、腎虚《じんきょ》もしくは心臓麻痺《まひ》による腹上死で命を失ったものであろうと思われる。

（「薬剤研究」一九三五年八月号より）

島崎源一「わたしは今、脳下垂体起原のホルモンを研究しています。これは侏儒《しゅじゅ》症に関係があると思える脳下垂体腫瘍《しゅよう》の研究です。最近、性ホルモンがしきりと取沙汰《とりざた》されていますが、ホルモンと申しましても、性ホルモンだけではないのであります」

（日本化学会誌「化学」一九三九年六月号より）

銃後のわれわれ婦人に課せられた任務は、立派な兵士となってくれる日本男児を数多く生むことであります。「生めよ殖やせよ」の標語のもと、奮起いたしましょう。このたび当婦人連盟では皆さま方に、大量のホルモン剤を安価にお分けすることになりました。

男性にも女性にもよく効き、性的能力を高め、生殖細胞を刺激するホルモン剤です。どうぞ本部までお申し込み下さい。

（大日本帝国銃後を守る婦人同盟会誌一九四三年三月号より）

島崎源一「ホルモンと申しましても、性ホルモンだけではないのであります」
（日本化学会誌「化学」一九四三年八月号より）

検事「ハーゲマン博士。あなたは今おっしゃった収容所で、どんなお仕事をなさっておられましたか」
ハーゲマン「ユダヤ人女性の、卵巣の切除でした」
検事「なんのためですか」
ハーゲマン「発情ホルモン及び黄体ホルモンをとるためです」
検事「それらのホルモンは、どんな女性の卵巣からも得られるものですか」
ハーゲマン「いえ。やはり思春期から中年までの、成熟した女性から多く得られましたが、さらに発情中の女性ですと、尚、多く得ることができますので、つまり、その、そういう女性から切除したわけです」
検事「発情させた女性から、切除したわけですね」
ハーゲマン「は。まあ」
検事「いかにして、それらの女性を発情させたのですか」
ハーゲマン「収容所に勤務する、ナチの士官が、若い女性を犯しました。わたしはその犯された直後の女性を、その、手術いたしました」
検事「麻酔をかけてですか」
ハーゲマン「いえ。麻酔用の薬品が不足しておりましたし、その、何ぶんにも、多くの数の女性を一日に何人もその、あれする必要がありまして」
検事「麻酔もかけず、若い婦人の腹を裂いたのですか」
ハーゲマン「裂いた、というより、切開したわけでして」
検事「そして、当然痛がって苦しんでいる若い女性の腹から、卵巣をひきずり出して、切ったのですね」
ハーゲマン「切除いたしました」
検事「そのために、死んだ女性もいますか」
ハーゲマン「はい。何人かは」
検事「何人といって、どれくらいですか」
ハーゲマン「約、三百人ほど、でしょうか」
検事「いったい、何人の女性の卵巣をとったのですか。千人以上ですか」
ハーゲマン「ちょっと、わかりません」
検事「一万人以上ですか」
ハーゲマン「さあ、ちょっとわかりません」
検事「それらの女性を発情させるため、博士自身が彼女たちを犯したことがあったとも聞いていますが、本当ですか」
ハーゲマン「は、はい。あの、本当です。それはあの、士官たちの体力にも限度がありましたし、とにかくあの、士官たちは、しまいには、若い女を見るだけで反吐《へど》が出ると言っていたくらいでしたので、その、しかたなくわたくしが」
検事「しかし証人第三〇八号によれば、彼女は士官に犯された上、あなたにも犯されたと証言しています」
ハーゲマン「それは、その、彼女がやっぱりその、美人であったためと、その、もっと重要な理由として、あの、あの、より発情させた方がよいと判断して、あの」
検事「手術後、生きていた女性は、収容所内でどう処置したかご存じですか」
ハーゲマン「ほとんどが、ガス室へ送られたと聞いています」
検事「彼女たちから得たホルモンは、どうなさいましたか」
ハーゲマン「ベルリンへ送りました」

（ニュールンベルグ公判記録より）

ホルモン焼きはインチキ

戦後、雨後の筍《たけのこ》の如く街頭、あるいは裏通りなどに軒をつらねた店がある。ホルモン焼き屋である。正体不明の動物の内臓を焼き、安価に食べさせる店である。むろん、この食べものの中にホルモンが入っているわけではない。かといって「鉄板焼」の如く、ホルモンによって焼いたものでもない。「タイコ焼き」の如《ごと》く、焼かれたものがホルモンの形をしているわけでもない、つまり、ホルモンとはなんの関係もない食いものなのである。

それでも庶民の間にホルモン焼きは好評である。味とは別に、また値段とは別に、ホルモンという名称にはなんとなく人を魅するものがあるようだ。「若返り」「精力増強」「栄養」「性的能力」といったものと結びつきやすい「ホルモン」には、それ自身に、超自然的不可思議な魔法の力がひそんでいるように思われているらしい。

（「真相」一九四六年十二月号）

島崎源一「性ホルモンだけがホルモンではありません」

（日本化学会誌「化学」一九四七年一月号より）

脳下垂体の機能が亢進《こうしん》すれば、幼少期だと巨人症になる。

（竹脇潔著「ホルモンの生物学」より）

脳下垂体の機能が亢進すれば、背が高くなるそうです。してみると、牛か何かの脳下垂体を注射すれば、成長期にある人ならばさらに数センチ背が高くなるのではないでしょうか。

美容評論家の吉川春夫先生によれば、牛の脳下垂体を注射すれば二、三センチ背が高くなるそうである。

（吉川春夫「美容と体操」より）

（「週刊朝日」一九五六年三月四日号）

高校生の大乱交
発情ホルモンの過剰から

筑麻警察は十九日、校舎裏の庭で放課後、桃色遊戯にふけっていた筑麻第一高校の男子学生四名、女子学生五名を補導した。

筑麻第一高校では、十八日、校医の下地節郎（48）が入手した牛の脳下垂体の抽出液を「背が高くなるから」と称して男女学生十数名に注射してやった事実があり、警察ではこの注射が学生たちの発情を促し、彼らを桃色遊戯へ走らせたのではないかと見ている。

島崎源一化学博士談・脳下垂体は、その前葉から数種類のホルモンが、ほとんど純粋な形で抽出できる三種の細胞を持っています。そのホルモンは成長ホルモン、性腺刺戟《せいせんしげき》ホルモン、甲状腺刺戟ホルモン、副腎皮質《ふくじんひしつ》刺戟ホルモンなどです。しかし、牛の脳下垂体の成長ホルモンによって人間の身長がふえるのは幼少時に限られ、高校生以上の成熟した人間に注射するのは極めて危険です。ところで彼らの乱交のことですが、これを脳下垂体のせいにするのは少し早まった考えだと思う。思春期の男女が乱交に走るのはよくあることでして、わたしにも経験はあるが、それはさておき、ホルモンといっても性ホルモンだけではないのです。性ホルモンだけがホルモンだという誤った考えが、警察のこの早まった考え方の原因だと思いますが、さっきも言ったように、脳下垂体には約六種のホルモンがあるのであって（以下略）。

（毎日新聞一九五六年五月二十八日付朝刊）

脳下垂体注射で末端肥大症
患者、医師を告訴

牛の脳下垂体を注射した健康な男性が、そのため末端肥大症となり、注射した医師を告訴するという事件があった。

紀田市に住む会社員Aさん（32）は、牛の脳下垂体を注射すれば身長がふえるという記事を週刊誌で読み、以前から短軀《たんく》を気にしていたため、顔見知りの医師Bに頼んで昨年暮から今年の五月にかけ前後六回にわたって牛の脳下垂体の抽出液を注射してもらったところ、五月の末より四肢の末端が眼に見えて大きくなり、鼻や唇《くちびる》がいちじるしく発達し、末端肥大症特有の顔つきとなってきたため、今月二十一日医師Bを告訴した。

医師B談・牛の脳下垂体抽出液は、他の数人の人にも依頼されて注射したが、格別身長も伸びなかったかわりに、とりたてて悪影響も見られなかったため、Aさんにも注射した。こんな結果になるとは思いもよらなかった。Aさんには申しわけないと思っている。

島崎源一化学博士談・中年になってから牛の脳下垂体を注射しても、それ以上成長することはなく、むしろ末端肥大症になるおそれがある。末端肥大症つまりアクロメガリは、大人に、かなりおそくあらわれる病気で、前葉の細胞が増殖し過ぎるのが原因とされている。脳下垂体をやたらに注射するのは危険です。なお、ホルモンといえばすぐ性と結びつけたがる悪い習慣がありますが（以下略）。

（朝日新聞一九五六年六月二十三日付朝刊）

「いいえ。彼女を殺す気は毛頭ありませんでした。盗みに入ったものの、寝ている彼女の様子についふらふらとなり、犯そうとしたのです。力まかせに抱きつきました。腰を抱くと腰の骨が折れ、背中を抱くと背骨が折れました。無理やり挿入《そうにゅう》しようとしましたら、足が折れてしまったのです。キスしたら、歯がばらばらと全部抜けたので驚きました。彼女がそんな病気とは知りませんでした。いったいあれは、なんという病気ですか。

え。副甲状腺ホルモンの分泌過多。はは あ、そうですか」

（フォン・レックリングハウゼン氏病事件口述調書より）

最近では、作ることが容易になったため、一般でやたらに性ホルモンが利用されているが、あれはきわめて危険である。

（日本化学会誌「化学」一九七二年十月号より）

奇奇怪怪！ 両性ホルモン人出現！

化学博士麻紀田明宏氏は、各種ホルモンの分泌を自由自在に加減できる抑制剤と促進剤を作り、自分自身のからだで実験し、男になったり女になったりしている。氏はもともと女性であったが、卵巣の黄体ホルモンの分泌を抑制して男性になったのだそうである。氏は自分のことを、両性ホルモン人と称している。

（読売新聞一九八八年一月二日付夕刊）

村井長庵

1

「なんとまあ、ちいさな島だなあ」

船が近づくにつれ、鼻島という名のその島の小さいこと、緑の少い荒れはてたさま、家いえの貧しげなたたずまいがいやでも眼につき、長庵《ちょうあん》は思わずそう叫んだ。「これじゃ、まるで自分から島流しになりにきたみたいなもんだ」

「そんなことをおっしゃっていただいては、せっかく苦心して先生をここまでお連れした甲斐《かい》がありません」と、弟子の東沢《とうたく》がいった。「島流しよりは、ずっとましなんですよ。この鼻島は壱岐《いき》からも平戸《ひらど》からも、また五島列島の宇久島《うくじま》からも、もちろん対馬《つしま》からも離れて、ぽつんとひとつだけあるという小島ですから、でかい地図や海図にものっていません。だから役人も滅多《めった》にやってきません。この島にいるかぎり安全で、そして自由なんですよ」

「ふん。何が自由だ。こんな小さな離れ小島の中の自由なんてたかがしれている」

「そりゃあ先生。ぜいたくというものです」長庵のあいかわらずの我儘《わがまま》さに、東沢は苦笑した。

「伝馬町《てんま》の牢《ろう》とくらべりゃ、この鼻島だって極楽とは思いませんか。だいいち、あのごみごみした麹町《こうじ》平河町《ひらかわ》周辺なんかよりはずっと空気が綺麗《きれい》で健康的です。先生の好きな魚だって、それこそ獲りたての新鮮なものが食えるんですよ」

「ふん。魚か」長庵は切れ長の眼をさらに細め、瑠璃《るり》色の海面を眺《なが》めながら、櫓《ろ》を漕《こ》いでいる漁夫に声をかけた。「八造《はちぞう》、とかいったな」

「へい」

「この辺では何がとれる」

「へい。さば、いわしです」

長庵は顔をしかめた。「ほうら。そんなことだろうと思った。まずい魚ばかりじゃないか」

「さば、いわしは対馬暖流にのってこの辺からずっと隠岐《おき》の方へ行くんです」東沢がいった。

「八造はここでとれる代表的な魚をいったまでです。黒潮の一部はこっちにもくるんですから、まだまだ他にも、いろいろととれる筈《はず》ですよ。そうだな八造」

若い漁夫は大きくうなずいた。「へいへい。それでしたらまず、四月頃《ごろ》にはかつおがとれます」

「ほうほう。かつおがとれるか」

「ぶり、まぐろ、たい、それにえびなどもとれます。へい」

「ほほう。そうかそうか」長庵の薄くて赤い唇《くちびる》の端に微笑が浮かんだ。「たいもとれるのか。そうか」

「だいぶ、ご機嫌《きげん》がなおってきたようですね」東沢が長庵の表情を盗み見て、皮肉にいった。

蒼白《あおじろ》い長庵の顔が、また険《けわ》しくなった。「それくらいで機嫌がなおるものか。どうだ。いい女はいるか。江戸の女とはまたちがった、健康で骨太で肉のしまったいい女がいるだろうな。え」

「いますとも、いますとも。ひひひ」東沢が舷《ふなばた》をたたいて笑った。「あの鼻島の漁師たちは、沖漁場でよく船を転覆させて溺《おぼ》れ死にますから、ぴちぴちした若後家がいっぱい、それに娘たちも、嫁の貰《もら》いてがないもんで、ごろごろと余っています」

「ほほほほ。ごろごろと余っているか」口もとに卑しい笑みを浮かべた長庵は、東沢を振り返った。「東沢。お前、あの島のことに、やけに詳しいようだな」

「そりゃあ、肥前《ひぜん》の生まれですから。それに、詳しいからこそ先生をここへおかくまいしようとしてお連れしたのです」

「違いない。で、お前の知りあいというのはあの島で何をしているんだ」

「もちろん、漁師です。その漁師の娘が、肥前で医者をしていたわたしの父の家へ女中奉公をしていたのです。娘の方は肥前の大工のところへ嫁に行っておりますが、両親の方はまだ島で漁師をしておりまして」

長庵と東沢を乗せた船は、干魚と海藻《かいそう》の臭いが鼻をつく貧しい漁村の砂浜へ次第に近づいていった。

「お、たくさん出迎えが出とるぞ」と、長庵がいった。「わしの出迎えかな」

「もちろん、そうですとも。この島には今まで医者がおらず、いわば無医村だったわけで、そこへ先生のような立派なお医者が来てくださったのですから、そりゃもう島の連中大喜びです」

「ほほほ。純真なものよのう。この長庵が悪逆非道の地獄医者、おまけに人殺しのお訊《たず》ね者とは夢にも知らず」

「しっ」艫《とも》にいる八造の耳を気にして、東沢が長庵を制した。

「なに。大丈夫、大丈夫。これくらいの声では聞こえない」尖《とが》った赤い舌を出し、長庵はへらへらと笑っている。

わざわざ江戸にまで医者の修行に出かけながら、そしてまた、江戸にはいい医者がたくさんいるというのに、いったいおれはよりによって、なんだってまたこんな悪い医者の弟子になってしまったんだろう。東沢はそう思いながら舳《へさき》に立っている長身痩軀《そうく》の長庵を横眼で睨《にら》み、ひそかに溜息《ためいき》をついた。医者の修行ではなく、悪事の修行をさせられてしまったのである。

お訊ね者の長庵をこんな島へかくまったことがもし役人にばれたりしたら、東沢もただではすまない。捕ってしまう。それに東沢だって、いやいや手伝ったとはいうものの、長庵の悪業に、一部荷担しているのだ。仮に長庵が捕ったら、当然彼は弟子に悪事を手伝わせた一部始終もぺらぺらと役人に喋《しゃべ》るだろう。そんなことになっては大変だから、けんめいに長庵の逃避行を助け、ここまでつれてきたのである。だが、反省の色を見せるどころか自分の立場も考えぬ長庵のわがままぶりを見るにつけ、この苦労はまだまだ続きそうだわいと思い、しぜん溜息が出てしまうのだ。

長庵の悪業をかぞえあげれば限りがないが、その最たるものはやはり、実弟の重兵衛を殺して金五十両を奪った一件であったろう。兇作続きで年貢が納められず、質に入れた田畑が人手に渡りそうになったため、自分の娘お梅を吉原に売った弟の重兵衛を赤羽根橋で斬り殺し、お梅の身代金五十両を奪ったのである。

この時東沢は、長庵が弟を斬《き》った兇器の刀を始末させられている。つまり証拠湮滅《いんめつ》をやっているのである。その上長庵の現場不在証明《アリバイ》を偽証させられてもいる。罪に問われぬ筈がない。

長庵の悪業はそれだけではない。自分の姪《めい》にあたるお梅と相思相愛の仲になった質屋の息子千太郎が、お梅を吉原から身受けしようとして作った金、五十両をだまし取り、切羽詰った千太郎が吉原からつれ出したお梅とともに駆落《かけお》ちすると、このふたりを下谷《したや》広徳寺《こうとくじ》前まで追っていって斬り殺してしまっている。この時も東沢は長庵に命じられて死体を運ばされていた。

津山主水《つやまもんど》という、ひどく頭の切れる役人の調べのために悪事が露見しそうになった時も、長庵はあまりあわてなかった。むしろ東沢の方がうろたえた。どうやら長庵には、自分だけはどんな悪事を働いても捕ることがないのだという、極悪人に特有の変な自信があったのだろう。自宅で落ちつきはらっている長庵をせき立て、なだめすかし、江戸から落ちのびさせたのも東沢である。

江戸からここまでやってくる間の、あの長庵の我儘ぶりから想像すれば、この鼻島でもきっと何か問題を起すに違いないと思い、いやな予感に東沢が身をふるわせた時、船は浜についた。

「まあまあ、これは若旦那《わかだんな》。お久しぶりでございます」浜に居並ぶ十数人の村人たちの中から年老いた漁師の夫婦が駆け寄ってきて、船から浜におり立った東沢に挨拶《あいさつ》した。

「おお。権六か。それにお星。達者で何よりだな。これにおつれしたのがわたしの師匠で江戸一番の名医、村井長庵大先生だ」

「へへえっ」

またひとり、村人の中から初老の男が進み出てきて長庵に挨拶した。「名主の長右衛門でございます。こんな小さな島へ、ようこそお越しになってくださいました」

「おう。お前が名主か。当分厄介《やっかい》になるぞ」長庵は横柄《おうへい》な口調でそういうとすぐにそっぽを向き、いい女はいないかという顔つきで村人たちをじろじろと眺めはじめた。

「長庵先生はな、医が仁術たるべきであることを身をもって示されんがため、このような無医村へ、しかもこのような名もない貧しい離れ小島へ医者としてお越しになった、当世には珍しい立派な人格者だ。徳の高いおかたなのだ」東沢が大声で、けんめいに演説をはじめた。

なぜ江戸の町医者が九州のはずれまで流れてきたのか、その理由を村人たちに、納得がいくよう説明しておかなければならない。あやしまれ、役人に告げられでもしたら一大事である。

「貧しいお前たちにも仁術を施してやらねばならぬという立派なお考えからおいでになったのだから、決して粗末に扱ってはならんぞ」

「へへえっ。それはもう」名主が何度も頭を下げた。「これ。お前たちも長庵大先生にお礼を申さんか」

「ありがたいことでございます」

「ようこそおいでくださいました」

むろん村人たちとて、ああこれで家族の誰《だれ》かれも長年の病苦から解放されるであろう、もう病気の心配をせずに働くことができるというので大喜び、中には長庵を伏し拝んでいる者もいる。

「それから、もうひとつ言っておくことがある」東沢がさらに声をはりあげた。「長庵先生はいうまでもなく日本に二人とない名医である。したがって、各藩が先生を召しかかえようとして躍起になっておる。だが、むろん仕官などという浮世の栄達は、先生の本意となさるところではない。したがって、先生がこの島においでになることを、お前たちは他所《よそ》の者に、特に役人などには、口が裂けても申してはならん。役人がこの島にやってきた時もだ」

素朴な漁民たちは東沢のことばを信じきっているから、尊敬の眼で長庵を見つめたまま、しんとして聞いている。

「もし人に喋ったりすれば、先生はこの島を立ち去ってしまわれる。この島はふたたび無医村になってしまうのだぞ。わかったか。どうだ」

「はいはい。よくわかりました」名主が砂に頭をつけんばかりに何度も腰をかがめた。

「口が裂けても、誰にも申しはいたしません」

「よろしい。忘れてはならんぞ」東沢は長庵に歩み寄り、小声でささやいた。「では先生。わたしはこれで」

「帰るのか」長庵は少し淋《さび》しげな表情をした。たったひとりの弟子がいなくなってしまっては、わがままも言えなくなってしまうのである。

「とりあえず、肥前平戸《ひらど》の実家に戻《もど》ります。が、三、四日中にはまた参ります。薬草なども仕入れてお持ちしなければなりませんし」

「ふん。そうだな」

「では、これにて」

一礼して、立ち去りかけた東沢を数歩追い、長庵はその袖《そで》をぐいと引いた。「待て、東沢」

「え、まだ何か」

「お前まさか、この長庵から逃げ出すつもりじゃあるまいな。これ以上おれの面倒《めんどう》を見るのが厭《いや》になり、かかわりあいになるのを恐れて、このままどこかおれの知らぬところへ姿を消そうとしているわけじゃあるまいな」

「せ、先生、滅相《めっそう》もない。な、なんだってまた、そんな」

「ふん。そうか。ま、お前のことだ。よもやそんなことはあるまいとは思うが、まさかの時の用心に言っといてやる。もしおれを見捨てるようなことがありゃあ、おれの方からおそれながらとお上に訴え出て、重兵衛殺しの件はもちろん、お梅千太郎殺しの一件も、すべてお前のやったことだと役人どもを言いくるめ、全部の罪をひっかぶせてやるからそう思え。お前がお梅に横恋慕していたってことは、あの辺の連中は皆よく知っていた。つまりお前にだって殺人の動機はあったってことだ。これにおれの弁舌の才が加わりゃあ、お前ひとりに罪を着せるのはわけのないこと。もしそうなりゃあ、たとえお前がどこへ隠れようと、二度とふたたびおてんと様はまともに拝めなくなる上、肥前平戸にいるお前の父親までが罪に問われるんだぜ。わかっているだろうな」ぐっと東沢を睨みつけた。

その眼つきの凄《すご》さに、東沢はふるえあがった。「も、も、もちろんですとも。先生。よくわかっています」

「そうかい。そうかい」長庵は薄笑いを浮かべ、漁民たちの手前をつくろって親しげに東沢の肩を叩《たた》いた。「なあに。わかってるのならいいんだよ。それじゃ東沢、三、四日経ったらまた来てくれ。待ってるぜ」

「は、はい。必ず」東沢はふるえながら、また船に乗りこんだ。「八造。か、帰ろう」

「へい」

次第に沖へ漕ぎ出る船の上から東沢は浜を振り返り、大きく肩を上下させて吐息をついた。恐ろしさに、まだ手足の末端がひくひくと痙攣《けいれん》している。

船に積んできた行李《こうり》三棹《さお》を漁民たちに担がせた長庵は、名主や権六夫婦の案内で行列の先頭に立ち、とりあえず落ちつき場所と定めた名主の家へ向かって砂浜を歩きはじめていた。

2

「なあんだ。また干魚か」

患者の家族が治療費がわりに持ってきた干魚を見て、長庵は露骨にいやな顔をした。

「どうして金を持ってこない。え。何度言えばわかるのだ。猫《ねこ》ではあるまいし、三度三度干魚ばかり食えるものではないのだ。わしとて人間だ。米を食わねばならん。野菜も食わねばならん。たまには酒も飲みたい。そういったものを東沢に命じて平戸から買ってこさせるのには、金がいるのだぞ。え。金がいるのだ。わからんのか。いやいや、おれが食うためだけの金ではない。お前たちを療治してやるためには薬がいる。薬剤、薬草を買わねばならんのだ。お前たちは知るまいが、薬剤、薬草というのは大層高価なものなのだ。早い話がお前の倅《せがれ》の瘡病《そうびょう》、この病いは鬼魅《きみ》の冒すところであるからして、こいつの治療には五香煎という霊妙の薬剤を使用した。また、過去諸仏成道の霊木である桑の薬も茶と共に服用させた。こういった薬剤、薬草がどれほど高価なものか存じておるまい。銀の十匁《もんめ》や二十匁で買えるものと思ったら大間違いだぞ。しかるにこのまずそうな、しょぼくれた安物の干魚はなにごとだ。しかもこのような量では、魚問屋へ持って行っても金に替えることはできん。いったいどうする気だ。お前はこの長庵に、医者稼業《かぎょう》を続けさせるまいとたくらんでおるのか。いやさこの長庵を、この魚のように干乾しにして殺すつもりか」

「まあ滅相もない。なんでそのような勿体《もったい》ないことを考えましょう」四十がらみのずんぐりした漁師の女房が、畳に頭をこすりつけ、悲鳴のような声でそう答えた。「はい。もちろん先生様のおっしゃることはよくわかっておるのでございます。まったく、その通りでございます。お怒りも、ごもっともでございます」

「あたり前だ。わしは間違ったことなど言っておらん」

「ですが先生様。なにぶんわたしどもはご覧の通りの貧乏暮し、その上、月に一度この島へお見えになる年貢、漁税取り立てのお役人さまに、次つぎと過重な金納をしなくてはなりません。はい。それはつまり御料地銀、引請海面に課せられます海上銀、漁船の運上銀、釣船《つりぶね》や縄船の運上銀、小廻船の運上銀、魚問屋運上銀、地曳網《じびきあみ》や大敷網を使うたびに課せられます網代銀などでございまして、これらを毎月お納めするだけでせいいっぱいのところへ、さらに藩庁でお祝いごとがあるたびに冥加銀を上納しなければならないのでございます。とてもとても、余分のお金を蓄えることなど思いもよらぬことでございまして、もはやさかさにして振られましても鼻血も出ません。はい。本当でございます。なんで先生様に嘘《うそ》など申しましょう」

「ええい。税金を口実のその言いわけ、他の連中からもさんざ聞かされて耳にタコができておる。年貢や漁税の高いのも、お前らの働きにそれだけの酬いがある筈とお上で判断されてのことではないか。お上のなさることに間違いはない筈。それじゃあお前たちは何か。そのようにいつでも仲間うちでは、お上のなさることに不服をいいあっておるのか」

「い、いいえ、そ、そのようなことはございませんが」漁師の女房はふるえあがり、赤茶けた髪を乱してはげしくかぶりを振った。

「まあよい。このような離れ小島では獲物を金に替えるのも並み大抵のことではあるまい。魚問屋へ船で運んでいるうちに鮮度も落ちようし、無知な島民と馬鹿にされて買い叩かれもしよう。島全体を考えても流通機構の悪さから、よその土地ほど金がないのはもっともなことかもしれん」

「はい。はい。その通りでございます」女房は何度も頭を上下させた。

「だがそれならば」長庵は声を荒げた。「なぜ、せめてとったばかりの新鮮な魚を持ってこない。このあいだ、たまたま浜で地曳網の中身をのぞいたが、いろいろと珍しい、うまそうな大きな魚がいっぱいかかっておったではないか。あの中の一匹や二匹ここへ持ってこられぬ筈はあるまい。思うにお前たち、ああいったうまい魚はすべて家内で食い、この長庵には出し惜しみしておるのだろう。お前らはわしのことを、鮮魚の味などわからぬ都の人間と思って馬鹿にしておるのだ。だからこんな干魚を持ってきてわしに食わせ、陰では笑っておるのだ。そうに違いあるまい。どうだ」

「とんでもございません」女房はとうとう声をあげて泣き出し、背を丸めて畳に突伏してしまった。「せ、先生様。先生様はああいった魚を私どもが飽きるほど食べているとでもお思いなのでございますか。とんでもないことでございます。鮮度が落ちようがどうであろうが、ああいった魚のほとんどすべてを魚問屋に売り払っても、まだお上への金納ができないくらいなのでございます。たまたま大漁の折がございましても、その時には献上品というお上の制度がございまして、とれたばかりの鮮魚をはじめ、うに、あわびなどの現物を献上しなくてはなりません。それればかりではございませんで、月に一度は塩魚、干魚、熨斗《のし》あわび、わかめといったものまで上納しなければならないのでございます。また歳暮には、歳暮御肴と申しまして、わたくしどもが冬の間食べるためにとっておきました魚さえ、洗いざらい上納しなければならぬくらいなのでございます。先生様。お察しくださいませ。これに持ってまいりました干魚も、わたしどもがこの冬の間を食いつなごうとしてとっておきましたわずかな貯えの中から、血の出るような思いで持って参りましたもの。先生のような名のあるお医者様にこのようなものを差しあげて失礼にあたりますことは重々承知しておりますが、これ以外、差しあげるものが何ざいます」
納めくださいませ。この干魚でご勘弁くださいませ。お願いでございます。お願いでご
もないのでございます。何とぞお許しくださいませ。そして何とぞ、なにとぞこれをお

長庵はわざと母屋にいる名主に聞こえるような大声をはりあげ、女房を怒鳴《どな》りつけた。
「ええい。またしてもお上を持ち出す。それ以上お上の制度を引きあいに出すと、この
村全体の不満や反抗心を、わしの知りあいの藩の重臣たちに洗いざらいぶちまけて、一《いっ》
揆《き》のおそれあり、この島の者を今のうちに皆殺しにしろと、そう進言するぞ。どうだ」
「ひいっ」女房は雷に打たれたように一瞬のけぞり、すぐにべったりと身を伏せ、這《は》い
つくばったままであと退《じさ》った。
「米つきばったじゃあるまいし、いくらそんなにペコペコされたって、入用な金が湧《わ》い
て出てくるわけでもなし、わしの腹がふくれるわけでもない。いったいどうするつもり
だ。どうにもならんというなら、もう今後いっさいお前の倅の療治はやめる。いや。お
前の家族の誰が病気になっても、わしはもう知らん。療治すればするほど損をするなら、
いかに医は仁術といえ、その医療さえできなくなって元も子もなくなるのだから、もう
この島の者の病気は見てやらん」

女房は息をのみ、あわてて長庵にすり寄った。「それではわたくしが島全体から恨ま
れます。どうぞ、どうぞそのようなことはなさらないでくださいませ」

長庵は破れ鐘のような声をはりあげた。「貴様、漁師の女房の分際でこの長庵大先生

に指図するか。金も出さず、ろくな食いものも食わせず、療治だけは続けろなどと、いったいどんな顔をしてそんな厚かましい、無法なことがいえるのだ」

長庵のあまりの大声に肝をつぶし、名主の長右衛門《ちょうえもん》が母屋から、長庵の住居と来診患者用の診察室を兼ねた離れの間へとんできて這いつくばった。「長庵先生。ご存知の通りこのお貞は漁師の女房、ものの言い方を心得ません。どうぞお許しくださいませ」

「うむむ。長右衛門。聞こえたか」

「ははっ。聞こえました」

わざと聞こえるような大声をはりあげておきながら、聞こえたかもないものである。

「聞こえたのならしかたがない。なら長右衛門、それならお前にも言うことがある。だいたいお前もこの村の者も、おれを粗末に扱いすぎるぞ。そりゃあわしがここへきた当初はいろいろともてなしてくれたが、それも三日か四日だけのこと、二か月経った今では、まるで餓え死しろといわんばかりの扱いではないか。これはいったいどういうことだ」

「そうおっしゃられますと長右衛門、この貧乏な村の名主としてただ恥じ入るしかございません。最初の三、四日、あれは先生の歓迎の意味で宴を催し、おもてなししたわけでございます。こういうことを申したくはございませんが、ただあれだけの宴を開きましただけで村の金が一文もなくなってしまったぐらいでございまして、事ほど左様にこの村は貧乏なのでございます。それでも先生にだけは、なんとか満足なものを召しあがっていただこうと、われわれ村の者、陰では苦心惨憺《さんたん》いたしておるのでございまして、たとえばそこにございますその干魚などでさえ、最近ではわれわれ、まったく口にしておらぬ有様でございます。また、たとえばこのお貞と申します女も、病身の亭主《ていしゅ》と老いた両親と幼い息子をかかえているまことに可哀想《かわいそう》な女、たったこれだけの干魚を持ってまいりますのも大変な苦労だったことと存じます。それをそのようにおっしゃられましては、このお貞があまりにも哀れでございます。わたくしどもといたしましても、もう、な、なんと申しあげてよいやら」長右衛門まで泣きはじめた。「な、なさけのうございます」

「ん。なんだ何だなんだ」長庵は怒鳴った。「不服そうないいかたをするではないか。それに、まるでおれが我儘放題のぜいたくでお前らを困らせているとでもいいたそうな口ぶりだな。え。こんな結構な干魚をなぜ食わぬ、なぜもっとこの女の貧乏暮しに同情してやらぬかといわんばかりの不満面、おれにはどうしても気に食わねえな。おれはお前らと違って医者だ。医者と漁師じゃからだの出来が違う。食いものだって違うのが当然。お江戸じゃ猫だって食わねえようなこんな干魚。この名医の長庵大先生ののどを通るとでも思っているのか」長庵は激昂《げっこう》して立ちあがり、足で干魚を蹴《け》とばし、そのはずみでうしろへひっくり返って机のかどに頭をぶつけた。「いててててて」

「あ。危のうございます」

「やい長右衛門。この女がそれほど貧乏なら、なぜ村の代表のお前が、あるいは村全体が協力してでも、おれに金を払おうとしないのだ。あれだけの宴を張るほどの経済力があるのなら、あれから二か月経った今になってもまだ村に一文の金もないとは言わさないぞ。もしないとしたら長右衛門、お前に名主としての才覚がないからだ」

「ははっ」長右衛門は恐れ入って頭を下げ、やがてふと顔をあげて長庵を見つめた。

「と、おっしゃいますと長庵先生、先生には何かその、いいお考えがおありなのでございましょうか」

「ふふふ。ないこともないな」長庵は顎《あご》をなでた。「教えてやろうか」

「はい。ぜひお教え願いとう存じます」

「たやすいことだ。健康保険という制度を作ればよい」

「え。健康保険と申しますと」

「わずかずつの金を毎月村人全部から徴収してお前が預る。そして村人の中から、一時にはとても払いきれぬほどの薬代を必要とする重病人や怪我《けが》人が出たたびに、不足分をわしがお前に請求する」

「ははあ。すると無尽《むじん》とか、講《こう》とかいったようなものでございますか」

「いやいや、ああいうものは病いや災害にかかわりなく、単にまとまった金融を受ける方便に過ぎない。むしろ貯蓄だ。健康保険は多人数の加わるものであるからして、無尽、講ほど毎月の払い込みに苦労することはない。しかも病いにかかっても金に困る心配がないのだ。どうだ。これをやって見んか」

「ははあ。それはまことに名案でございます。殊にこのような村でございますと、健康な若い漁師ほど大怪我をすることが多いわけで、皆が一律に金を出しあっても決して不公平ではございません。さっそく年寄り連中と相談いたしまして、その健康保険とやらの制度を作りましょう」人を疑うことを知らない正直者の長右衛門、たちまち乗り気になってしまった。

「うん。そうせい。そうせい」長庵はにやにや笑っている。

「では、このお貞の倅の薬代も、このわたくしが皆と計って必ずなんとかいたします。あと二、三日、お待ちくださいませ」

長右衛門とお貞が離れ座敷の診察室を出ていくと、長庵は含み笑いをしながらごろりと横に寝そべった。「ふふふふふ。大勢の人間から少しずつ金を出させるというのは、まったくうまい手だわい。塵《ちり》もつもれば山となるから、集まった金はちょいとした額になる筈だぞ。しかもいくら保険料の水増し請求をしたって、支払っている連中ひとりひとりはまったく被害に気がつかないのだ」

ごろりと寝返りをうった。庭から入ってくる潮風が肌《はだ》に心地よい。

「と、いったところで、相手がこの貧乏村じゃあ、江戸にいた時のような五十両、百両のぼろ儲《もう》けはとてもできそうにない。せいぜい飲み食いに不自由せぬくらいの小銭をくすねる程度だ。やれやれ。東沢のやつにだまされてしまった。何が新鮮な魚だ。何が肉体美の若後家だ。食わされるのはいつも干魚、女といったって渋紙を丸めたみたいな顔をした、ずんぐりむっくりの婆あばかりではないか。ああ、久しぶりに、いい女を抱きてえもんだなあ」

3

「うちの娘に、くじらが憑《つ》きました」

その夜、吾作という初老の漁師が長庵のところへやってきて往診を依頼し、そういった。

「きつね憑きというのはよく聞くが、くじら憑きというのは初耳だな」長庵は首をかしげた。

「いいえ。くじらが憑いたに違いございません」吾作はそう言い張った。

「なぜ、そう思うのだ」

「娘のお島《しま》は平戸藩生月島の漁師で治平《じへい》と申す者に嫁ぎましたが、この治平は若いながらもくじら捕りの名人といわれているほどの刃刺でございまして、たくさんのくじらを殺しました。ところがある日、漁師たちが化けものと呼んで恐れていた巨大なまっ白けのまっこうくじらを捕えようとして、あろうことかあるまいことか、勢子船《せこぶね》からまだ生きているくじらの背中へ、とび移り、銛《もり》を振りかざしてくじらと格闘いたしました。くじらは死にましたが、治平もくじらの尾で打ち殺されてしまいました」

「どこかで聞いたような話だな」

「それが半年前のことでございます。治平に死に別れてお島は戻ってまいりましたが、それ以来様子がおかしく、とうとう今夜、泡《あわ》を吹いてぶっ倒れ、奇妙なことを口走りながらのたうちまわりはじめました。はい。あれはもう完全に、あの白い化けものくじらがとり憑いたに違いございません」

「ふん。若後家か。歳《とし》はいくつだ」

「二十三でございます」

「美人か」

「親の口から申すのもおかしゅうございますが、刃刺という家柄の者からぜひ嫁にと望まれたほどでございます。決して醜い娘ではございません」

「憑きものなら祈禱《きとう》師《し》の領分だと思うが、まあいい。美人の若後家というのが気に入った。診《み》にいってやろう」

「ははあっ。ありがとうございます。ではさっそくご案内いたします」

　吾作に案内されて彼の家へやってくると、奥の間で家人に手足を押さえつけられたお島が大の字に俯伏《うつぶ》せていて、口をぱくぱくさせながら喘《あえ》いでいた。呼吸困難に苦しみ、からだをくねらせているため、ちょうどくじらが泳いでいるように見える。眼をつりあげ、髪ふり乱してはげしくかぶりを振り続けている。心因性の癲癇《てんかん》、つまり典型的なヒステリーであるが、この時代、こういった症状を示す精神病や神経症は、すべて憑きもののせいにされていた。もちろん長庵だって、ヒステリーなどという病名は知らない。

「ふうん、これは荒療治が必要だな」お島の、まくれあがった蹴出《けだ》しからにゅっと出ている小麦色の太腿《ふともも》を眺め、舌なめずりをしながら長庵はそういった。「加減はどうだ」

「はい。先ほどから、あまり暴れなくなりました」と、母親らしい老婆が答えた。

「そうかそうか。ではお前たちは、ちょっと部屋から出なさい」

「よろしくお願いいたします」

家人たちが部屋を出て間の障子を閉切ると、長庵はお島の傍らに座り、ゆっくりと彼女の様子を観察した。お島はまだかぶりを振り続け、四肢《しし》を痙攣させ、ぜいぜいと喘ぎ続けている。

「ふん。いい女だ」にたり、と、長庵は笑い、お島の着物の裾《すそ》をまくりあげた。もう治療などはどうでもよくなっている。

漁師の娘だから肌は浅黒く、肉はしまっていて、しかもよく肥《こ》えている。長庵はぐびりと唾《つば》をのみこんで、お島のからだに覆い被《かぶ》さっていった。

やがて奥の間の気配をうかがっている隣室の家人の耳に、お島の呻《うめ》き声が聞こえはじめた。

「AH。AH。HMMMMM」

「先生は荒療治とおっしゃった。苦痛に耐えておるに違いないぞ」

やがて長庵の、荒い鼻息も聞こえはじめた。

「おお。先生もけんめいの療治で、お島のからだからくじらを追い出そうとしてくださっているらしい」

　家が震動しはじめた。

「EEEEEK」

「OH。OH。OH」

「AH」

「AH」

　長庵とお島の絶叫がひときわ大きく響きわたったのを最後に、奥の間はひっそりと静まり返った。

「やれやれ、汗をかいた」やがて長庵が、さっぱりした顔で障子を開き、口もとににやにや笑いを浮かべながら奥の間から出てきた。

　家人が奥の間をのぞくと、汗びっしょりのお島が、もう痙攣も呼吸困難もおさまった様子でぐったりと横たわっている。

「あのう、先生。娘は気を失っておるのでございますか」

「その通り。失神いたしおったのじゃ。うはははははは」

　治療代がわりにと家人がおそるおそるさしだした干魚を今度だけは素直に受けとり、明日また来てやるからなどと大変な上機嫌で長庵は帰っていった。

　そして数日。長庵の親身の療治のおかげでお島の病気はけろりと全快してしまった。これは全快するのが当然であって、もともと、毎夜毎夜の激しい夫婦の営みが突然中断したためのヒステリー、つまり欲求不満から起った不安神経症だったのであるから、くり返し性交し続ければ精神状態はもとに戻ってしまう。

このお島の病気が治ったために、島での長庵株は急騰した。わがままで気むずかしいところはあるが、やはり名医には違いなかったというわけである。

ところが悪いことはできないもので、数か月経つとお島の腹が次第にせり出してきた。

「さてはあの時、長庵先生が」

家人はやっと呻き声の正体に思いあたったのだが、なにしろ恩人だから文句を言いに行くわけにはいかない。

狭い島の中でのこと、これはすぐ村人のほとんどに知れてしまった。しかしそれでも、村人全体が世話になっている長庵を悪くいうものはあまりいない。

「そりゃあ、いかに人格者とはいえ、先生だって人間だもの」

「このような島でのひとり暮し、お淋しくもなられよう」

だが、ただひとりだけ長庵に恨みを抱いた男がいた。半吉《はんきち》という若い漁師である。彼はお島に惚《ほ》れていたのだ。

4

鰯船《いわしぶね》の中で、長庵は眼醒《めざ》めた。漂着した海藻を拾うため波打ち際を歩きまわっているうち、ぽかぽかと暖い日ざしを浴びて眠くなり、砂浜にひきあげられた曳網用の鰯船を見つけて中へ乗りこみ、船底でうたた寝をしていたのである。見あげれば、太陽はまだ中天にあった。

「へえ。するとあの長庵先生、そんなに有名な医者じゃなかったのかい」

内緒話のつもりであろうが、なにしろ漁師の若者のことだから地声そのものがでかい。いやでも長庵の耳に入る。どうやら四、五人の若者が、船の蔭に腰をおろして話しあっているらしい。

「そうとも。名医どころかむしろ藪医者《やぶいしゃ》、いやいや、藪どころの騒ぎじゃない。ありゃあ大変な偽医者だぜ」

ここにおいて長庵、はっきりと眼が醒めてしまった。自分の悪口を言っているのが、以前から彼を快く思っていない様子の若い漁師、半吉の声だったからである。長庵はそのまま船底に身をひそめ、自分の噂話《うわさばなし》を盗聴することに決めた。

「おれは以前、藩の賦役人夫として船に乗りこみ、江戸までつれて行かれたことがある。その時だって、江戸で名を聞いた評判の名医といやあ岡本玄冶《おかもとげんや》先生、長沢道寿《ながさわどうじゅ》先生、香《か》月牛《つきご》山《さん》先生、北尾春圃《きたおしゅんぽ》先生、津田玄仙《つだげんせん》先生、加藤謙斉《かとうけんさい》先生などで、村井長庵なんていかがわしい名前は一度も聞かなかったぞ」

半吉の声は次第に高くなる。医者の名前を何人も憶えて戻ったところを見ると、頭は決して悪くないらしい。他の若者たちはいずれも無言で半吉のひけらかす博識ぶりに聞き入っている。

「もちろん、それだけで偽医者と早合点したわけじゃない。ただ、あの医者のやってることをよく見てると、どうしてもまともな医者とは思えねえんだ。あの医者がときどき浜へ出てきて海藻を拾ってるのを見かけるが、あれは自分で食うためじゃない。すり潰《つぶ》して粉にして、他のものと混ぜあわせ、薬草と称して病人に服《の》ませてるんだ」

「えっ。なんだってそんな出たらめを」

「長右衛門さんの預ってる健康保険の金を請求するためだよ。あの保険は長庵が、どこその病人のためにこれだけの薬を使ったといって長右衛門さんへ請求すれば支払われるようになっているのだが、じつはその薬の正体はほとんど海藻、それと、道ばたに生えているえたいの知れねえ雑草だ。それだけじゃねえ。使った薬の量を少しずつ多いめに書いて水増し請求もやっている筈だ。東沢さんが平戸で買ってくる薬など、ほんの申しわけみてえなもんよ。おれは現にこの眼で、東沢さんが平戸の生薬屋で薬を買っているところを見かけている。誰にでも買えるような、名の知れた風邪薬をほんの三袋ばかり買っているところをな」

「ほほう」

「へええ」

若者たちがいっせいに、嘆声を洩らした。

「だってお前たち、考えて見りゃあわかるだろ。あの先生がこの島へやってきて、いったい何人の病人をなおした。まともになおせたのはお島のくじら憑きぐらいで、あとは抛っといてもなおるような子供の怪我や風邪ひき。十兵衛さんとか重吉とか源三郎爺さんとか、重病人はたいてい死なせちまってるじゃねえか」

「そういやあ、そうだなあ」若者たちがざわめいた。顔を見あわせ、うなずきあってでもいる様子である。

とうとう長庵、我慢できなくなってむっくりと起きあがった。「こらお前ら、何を勝手なことをいって騒いでいる」

「わ」

若者たちは驚いて逃げ腰になった。悪口をいって噂していたその本人がすぐ傍にいたのだから、これは驚くのが当然である。

「逃げるな。逃げるな」長庵はいった。「逃げたところで誰と誰がいたかはちゃんとわかってしまっているんだ。今の話は最初から聞いていたんだからな」

若者たちはあきらめてべったりと砂に尻をおとしてしまい、茫然として長庵の顔を眺めた。半吉だけはふてくされた様子でそっぽを向いている。

ちょうど浜に出ていて、遠くからこの様子を眺めていた権六が、ただならぬ気配におどろいて駆つけてきた。「長庵先生。どうなさいました。この若い連中が何かお気にさわるようなことを申しましたか」

「気にさわるもさわらぬもない。そこにいるその半吉が、わしのことを偽医者と申しおった」

「なんですと」権六はのけぞり、すぐ半吉を怒鳴りつけた。「やいやい半吉。お前はこのありがたい長庵先生に、なんだってまたそんな失礼なことを」

「ふん。ありがたすぎて涙が出らあ。偽医者も偽医者、たいへんな食わせ者だ。おれはとにかく江戸へ行ってきて、江戸の有名な医者の名を全部憶えてきてるんだからな。長庵なんて医者の名は一度も聞かなかったぜ」

長庵は大口を開いて嘲笑した。

「馬鹿者。雑魚《ざこ》なみの小さな脳味噌につめこんだ医者の名をいかにも盛り沢山に見せかけ、ひけらかしおって。お前がさっき自慢そうに並べ立てた連中ってのは、口訣派といって、処方運用の秘訣と称するものを誰にでもわかるようにやさしく書いて本にし、そのために有名になった、後の世でいうならさしずめマスコミ御用医者とか医事評論家といった連中だ。本物の医者ならこういう連中を馬鹿にしておる。よいか。江戸には名医と呼ばれている者だけでも何百人。だが本当の名医はその中にはおらん。本当の名医ってのはな、裏長屋の隅で近所の連中に慕われながら地道な努力をしている連中なのだ。わかるか。ふん。お前などにはわかるまいな。だいたいお前はおれのことを偽医者などというが、医師免許規則ができるのは明治二十八年、今はまだ偽医者などはおらん。おるのは名医と藪医者だけよ」

「へええ。そうかい」半吉は形勢不利とみて、あわてて逆襲してきた。なんとかこの場で長庵をやりこめなければ、村八分にされてしまうおそれがあるからだ。「いかにも自分のことを名医と言いたそうな口ぶりだが、それじゃ何かい、名医てえのは海藻を拾い、それを薬草と偽って病人に服《の》ませるのか」

「小ざかしげな。漁師の若僧の分際で何がわかる。そういう早呑みこみを浅知恵というのだ」

「はい。はい。まったく左様で」権六はただ、おどおどするばかりである。「どうぞ、若いやつらのいうことなど、お気になさらず」

「いやいや。気にしてはおらんがあまりの無知が哀れゆえ、教えてやるのだ。こら半吉よく聞け。そもそも海藻類が五臓、即ち肝、肺、心、腎、脾の諸病に効果あることは、古くは唐の『新修本草』にさえ記載されておるほどのまぎれもない事実。また室町時代の金創医たちが用いた気付、止血などの煎薬、疵《きず》洗い用の薬剤には海藻類が用いられ、効果があったことも医家なれば知らぬ者のない事実。だがわしはその上、海藻の用いかたをさらに研究、野に生える薬草と混ぜて瘍料《ようりよう》の病いに効く薬剤を創製した。また丹薬、薫薬として使用すれば潤涼、解毒、排毒の効果あることも見きわめておる。こら半吉、お前はさっき、生薬屋で東沢の買った風邪薬をたった三袋などと申しておったが、この長庵、あの売薬のようなものは有名な西大寺の豊心丹、東大寺の奇応丸をはじめとし、すべて医道の安易化と堕落に過ぎんと思うておる。たった三袋買うだけでも多過ぎるくらいだ。わしがけんめいになって、なんとかお前たちに金を使わせず、病気を治してやろうと思って苦心し、さまざまな自家製の良薬を考案しているこの苦労がわからんのか」

「あ、ありがたいことでございます。はい」権六は砂の上に這いつくばり、なんとか長庵の機嫌をなおそうと、けんめいにうなずき続けている。

若者たちも長庵の弁舌に圧倒され、彼のことばを信じはじめた様子である。

「へええ、そうですかい」半吉はなんとか長庵を言い負かそうとして躍起となり、顔を歪めてせせら笑って見せた。「海藻がそれほどの良薬なら、どうして十兵衛さんはなおらなかったのかねえ。どうして重吉は死んだのかね。どうして源三郎爺さんは息を吹き返さなかったんだろうねえ」

「馬鹿者」長庵は一喝した。「どれもこれも、老人ばかりではないか。死生は医の与らざるところ、人事を尽して天命を待つという信念こそが医道だ。治療の目的はただ疾病をなおすにあるのだ」

「ふん。寿命だからしかたがないというわけだな。藪医者の吐くきまり文句だ」

「それなら、わしの手にかけた病人で、老人以外に死んだ者があるか。申してみい」

うっ、と、半吉は詰った。「な、な、何いってやがる」彼は顔をまっ赤にして長庵を睨みつけ、けんめいに攻撃してきた。「死んだやつはいねえが、なおったやつもいねえじゃないか。生かさず殺さず、できるだけながい間病気のままにしておいて金をふんだくろうという算段だな。悪徳医師のよくやる手よ。その間ずっと保険金の水増し請求を続けるつもりなんだ。そうだろう」

「こっ、こらっ、半吉」権六はあわてて立ちあがり、半吉に駆け寄って彼の頭を殴りつけた。

「そ、そ、それは言いがかりというものじゃ。なんだってそんな失礼なことを」

「もう我慢できん」ここぞとばかり、長庵は立ちあがって叫んだ。「根も葉もないことを吐《ぬ》かしおって。たしかにそうに違いないというなら、何か証拠がある筈だ。何の証拠もなしにそこまでこの長庵を誹謗《ひぼう》できるわけがない。さあ。証拠を見せてみい」

もちろん証拠があっていったわけではないから、半吉は黙りこんでしまった。

「わしは、この島を去る」長庵は大声でそういった。「せっかく貧しい村びとたちに奉仕してやるつもりでやってきたこの鼻島だが、悪徳医者と罵られてまでとどまっているわけにはいかない。無医村は他にもある。明日、この島を立ち去る」

「ひええっ。長庵先生。そ、そんな」権六はべったりと砂に腰をおろし、泣き出してしまった。

「お許しくださいませ。今、大先生に行かれてしまっては、村びとたちみな、誰に頼り、誰におすがりしていいかわかりません。どうぞ、どうぞそのようなことはおっしゃらないでくださいませ」権六はふり返り、まだ茫然としている若者たちを怒鳴りつけた。「こらっ。お前たちもお頼み申さんか。額を砂にこすりつけてお願いしろ」

半吉をのぞき、若者たちがあわてて、いっせいに砂に額をこすりつけた。「行かないでください。何とぞこの島へおとどまりください」

「もともとこの島には医者がいなかったのだ」長庵は冷笑を浮かべた。「またもとの状態に戻るだけではないか。この半吉の口ぶりじゃあ、わしなど、いてもいなくても同じらしいからな。何をそのようにあわてることがあるのだ」

「いえ、いえ、いえ。決してそのようなことはございません」権六は唾をとばし、わめくような調子で懇願した。「今となりましては村の者どもみな、以前のようにお医者がおられないような生活など、とてもとても、恐ろしくてできなくなっております。ことにそれは、あの健康保険と申します制度ができてからこっちのことでございます。あの保険がありますために私ども皆、病気とか怪我の心配もなく仕事にうちこめ、明るく楽しい生活を送れるのでございます。もしあの保険が無効ということになってしまいますと、わたしどももみな、おそろしくて恐ろしくて沖へも出られず、海へも潜れず、そのほかのさまざまな危険な漁もできず、ちょっと古い食べものになるともうのどを通りません。もはや村人全員の、健康ということに対する考えかたが、以前とはがらりと変ってしまっておるのでございます」

「ほう。そうか。そうか」自分が提案した健康保険の思いがけぬ効果に長庵は内心にやりとした。だが、あくまで表面は冷たく装い、彼はそっぽを向いて見せた。「だがそんなことは、わしの知らぬことだ」

「こ、こ、この半吉め」権六はまた立ちあがり、今はやぶれかぶれで砂の上に寝そべっている半吉に駆け寄り、横腹を蹴とばした。「貴様のために島全体が、またとないいいお医者様を失うのだぞ。貴様のために村にはまたあの無気力な生活が戻ってくるのだ。疫病が流行《はや》れば、なすすべもなく村人がばたばた死んで行くのだぞ」

「そうだそうだ。そういえば長庵先生がこられてからこっち、村には疫病がひとつも流行らなかったじゃないか」一昨年島に流行った疫病で母親を失っている若者が立ちあがり、そういいながら半吉の頭を蹴とばした。「こいつめ。またあの病気を流行らせようというのか。この疫病神め」

「思うに貴様、お島のことで先生を恨んでいるのだろう」家族に病人のいる若者たちが立ちあがり、半吉を蹴とばしはじめた。「先生がいなくなったら、おれの妹の病気はどうなるのだ」

「おれの親父の病気はどうなるのだ」

「自分の恨みを晴らすため、おれたちを煽《あお》り立てやがったのだ」

「もう少しで乗せられるところだった」

「太い野郎だ」

「たたんでしまえ」

　単純な漁師たちのことだから気が早くて手が早い。半吉ひとりをとりかこみ、全員が殴る蹴るの乱暴を加えはじめた。

「どうした。どうした」

「何ごとだ」

浜にいた島民たちがわらわらと駆け寄ってくるのを横眼で眺め、長庵はにやにや笑いながら立ちあがり、ゆっくりとその場を去った。

5

全身打撲、鼻柱が折れ、その上肋骨《ろっこつ》まで一本折れているという無惨な状態で、半吉はその夜ひと晩苦しみ続けた。たったひとりの肉親である老いた母親がけんめいに看病し、夜通しからだのあちこちを井戸水で冷やしてくれたが、そんなことではおさまらない。次の日の朝になると全身が腫《は》れあがり、少しからだを動かしても激痛で絶叫するというひどいことになってしまった。顔もまっ赤に腫れあがり、鼻は膨れあがり、唇はそり返って、ふた眼と見られぬ有様である。母親が長庵を呼びに行ったが、長庵はむろんせせら笑って相手にしてくれない。村人たちも、みな昨日の出来ごとを知っているから、見舞にきてくれる者などひとりもいない。

母親は困ったあげく、女の浅墓さ、いつか長庵が裏山の木の葉をとってきて病人の患部へあてていたことを思い出し、なんの木かわからないものだからおよその見当でそこいら辺の木の葉をちぎってくると、半吉の全身にべたべた貼《は》りつけた。この木の葉にかぶれ、半吉はたちまち吹き出物の怪物と化し、火のような高熱を出してしまった。

「半吉。半吉。大丈夫かい。大丈夫かい」母親は半吉にとりすがり、泣き叫んだ。「お前はまあ、なんてことをしてしまったんだい。よりにもよって長庵先生と喧嘩《けんか》するなんて。先生は怒って、今日島をお立ちになるんだそうだよ。お前のこの怪我も吹き出物も、もうなおしてくださるお人はどこにもいないんだよ」

母親の泣き声のあまりの凄《すさ》まじさに、隣りの漁師がおそるおそるのぞきにきたが、半吉の顔をひと眼見るなり、ぎゃっと叫んで逃げ去ってしまった。

半吉はもうやけくそである。「も、わし、どうなってもええもんね」

その日の昼過ぎ、薬を届けにやってきた東沢の船へ、もうこんな島はご免だと強引に乗りこんでしまった長庵に、砂浜に正座して名主の長右衛門が懇願した。

「最後のお願いにあがりました。何とぞお考えなおしいただけませんか。大先生に去られましては、島に残されたわれわれ、それに十人あまりの病人が困ってしまいます。また、あの半吉が死にかけております」

「わし、知らんもんね」と、長庵はいった。「自業自得だもんね」

波打ち際には村人のほとんどが並び、わあわあ泣いている。

「わたし、淋しいわ」と、腹のつき出たお島がいった。

「先生。村人たちもああ申しております」舳先《へさき》に立って沖を見つめたまま、もう島の方は振り返ろうともしない長庵の背中に、東沢が声をかけた。「哀れと思って、島にいてやってはいただけませんか。私からもお願いします」

長庵は振り返り、東沢を睨みつけた。「お前が考えていることはわかっているぞ。お前はこのおれを、平戸にある親の家へつれて帰るのがいやなんだろう。だがな、おれとしては次の落ちつき先が決まるまで、お前の家に厄介になるしかしかたがないのだ。おれの長逗留《ながとうりゅう》がいやだったら、早くおれの行く先を探すことだな」

東沢は溜息をついた。「やれやれ。世話の焼ける先生だ」

長庵はにやりと笑い、また沖を眺めた。

「わたし、淋しいわ」と、お島がいった。

「われわれ村の者すべて、先生を悪く思っている者などひとりもおりません。半吉も、今は後悔いたしております。せっかくできた健康保険制度も、先生がおられなくては役に立ちません。次第に金も集まり、やがては先生にご満足いただけるほどの額になろうとしております。どんな重病人が出ても、先生に負担をかけぬほどの額になろうとしているのです。どうか、どうかこの島におとどまりください。先生様」

島民たちがいっせいに泣き叫んだ。

「先生様」

「先生様あ」

「出て行くもんね。もう戻らんもんね」

「わたし淋しいわ」

東沢はしかたなく、八造に命じた。「船を出せ」

「へい」

八造が櫓をあやつり、長庵たちを乗せた船は村人の泣き声をあとに鼻島を離れた。

数日後、肥前平戸で町医者をしている東沢の父親の家へ、長庵を訊ねて鼻島から長右衛門がやってきた。

「先生。昨夜半吉が死にました」東沢に離れ座敷へ案内され、長庵に向かうと開口一番、長右衛門はそういった。「舌が膨れあがって呼吸《いき》ができなくなり、七転八倒のうちに苦しみ抜いて息絶えました」

「そうか。死んだか。いひひひひひ」長庵は眼を細め、小気味よげに笑った。「さぞかし、ひどい死に顔だったことだろうな」

「はい。それはもう恐ろしい顔でございました。顔全体が紫色に腫れあがり、眼球はとび出さんばかり、くわっと口をひらいておりまして、死に化粧をしてやりますと、ますます化けもののようになってしまいました。よほど苦しかったのでございましょう」

「そうかそうか。いひ、ひひひ、いひひひひ」長庵は身をゆすって嬉《うれ》しがった。「いい気味だもんね。それであの母親はどうした」

「母親も、島の者全部に白い眼で見られ、誰ひとり息子の通夜にきてくれる者がなかったことを悲しみまして、今朝がた島の裏側の断崖《だんがい》から海へ身を投げました」

「うふ、うふふふふ。そうか。身投げしたか。いひひひひ」

「先生様」長右衛門は、ぱっと這いつくばった。「もう鼻島には、先生に恨みを抱く者はひとりとしておりません。みんな心から先生のお帰りをお待ち申しておる者ばかりなのです」

「誰かほかの医者に頼んで、島へきてもらったらどうかね」

「いいえ。世に医者の数は多くとも、皆浮世の欲に眼がくらみ、立身出世を望む医者ばかりでございますから、とても鼻島のような辺鄙《へんぴ》なところへはきてくれません。頼みに行きましても、ことわられることは最初からわかりきっております。私どもが頼りといたしますのは長庵先生だけ」平伏したまま、しくしく泣きはじめた。「せ、先生だけ」

「ねえ。先生」横から東沢が長庵の袖をひき、小声でいった。「行っておやりなさいませ。私もこの間からあちこちの離れ小島を訪れて様子を見てまわってまいりましたが、先生がお住みになるための、居心地のよさ、隠れ場所としての安全性という点から考えれば、どうもやはり鼻島を越すところはないようです」

「ふん」長庵は苦笑した。「よほど、おれをこの家に居させたくないようだな」

「と、いうよりは危険なのです。先日来の、先生の、あちこちの居酒屋でのご乱行、はや平戸で評判になっております。このままではいずれ先生のことが藩の役人の耳に入ります」

「ふうむ」長庵は思案しつつ、長右衛門をじろりと睨んだ。「こら、長右衛門」

「へへっ」

「もう、島の者には誰ひとり、わしの悪口を言わさぬと誓うか」

「はは、はいっ。誓います。名主としての面目に賭《か》けて誓います」

「わしの請求した保険金は必ず支払うか」

「はいっ。当然のことでございます。それはもう、必ず」

「もし保険金が不足した時は、病人の家からどんな苛酷《かこく》なとり立てをしても文句は申さんな」

「は、はいっ。申しません。なぜならば、いかに長庵先生のお取り立てがきびしかろうと、それは薬をお買い求めになるためであり、村人全体の健康のことをお考えになっての上のことと、われわれ皆、よく承知しているからでございます」

「よろしい。では島に戻ってやる」

「ええっ。では、お戻りいただけますか。あ、ありがとうございます。ありがとうございます」長右衛門は嬉し涙を流しながら、何度も畳に額をこすりつけた。

その日の午後、鼻島へ向かう船の舳先に立ち、彼方にぼんやりと見えてきた島影を睨みつけながら、長庵はぶつぶつとつぶやき続けていた。「おれは甘かった。遠慮しすぎていた。そのために島の者がいい気になって勝手なことをぬかしやがったのだ。だが今度はそうはさせんぞ。おれは考えを改めたのだからな」

彼は急にはげしく身をふるわせ、握りこぶしを振りあげ、振りまわしながら島に向かい、大声でわめいた。「したい放題のことをしてやる。やりたいことをやってやる。お前らにひとことも文句を言わせるものか。医者というのは神様なのだ。人の生命を預る生き神様なのだ。命を司る限りは生かそうと殺そうと自由自在なのだ。お前らはその生き神様を怒らせた。さあ、これからその報いに苦しむのだぞ。相手は無知な漁民だ。そしておれは名医なのだ。どんなことをしてもいいのだ。せっかく医者のいない村へ奉仕精神でもって来てやったのだ。それに相応《ふさわ》しいだけの報酬をふんだくらぬ手があるものか。うまい汁《しる》を吸って当然だったのだ。出て行けよがしの仕打ちをされたことは絶対に忘れんぞ。この長庵、これからはお前らをいじめていじめて、いじめ抜いてやるぞ。いつまでも、いつまでもな。見ていろ。見ていろ」

6

「おい。あの娘はどこの娘だ。名はなんという」

地曳網をひいている漁民たちの中に、色は陽に焼けて黒いが眼鼻立ち整った小柄な娘を見つけ、傍らを通りかかった漁夫の権六に、長庵は訊ねた。

「へえへえ、娘、とおっしゃいますと。ああ、あの娘ですか。へへへへ」権六は顔中を皺《しわ》だらけにし、色好みの長庵が眼にとめたのも不思議はないといった様子で大きくうなずいた。「あれは三右衛門《さんえもん》という漁師のひとり娘で名はお銀といい、歳はたしか今年で十九になります。つい先頃まで肥前楠泊《くすどまり》のさる商家へ女中奉公に行っておりましたが、その店が借金で倒れてしまったため、島に戻ってきたのでございます。はい」

「いい娘ではないか。可愛い顔をしておる。うん。可愛い可愛い。小柄だが肉づきがよい。それに尻も」ごく、と、長庵はなま唾をのみこんだ。「よい恰好《かっこう》をしておる。でかい。でかいな。はは、ははははははは」眼をぎらぎら光らせ、まっ赤な口をあけて長庵はになっている。

笑った。もはやお銀の肉体を手に入れたも同然、といったように、眼尻をさげ、有頂天

「では」

会釈して行きかけた権六を、長庵はあわてて呼びとめた。「待てまて、権六」

「へえ。まだ何かご用で」

振り返った権六に歩み寄り、長庵は声をひそめた。「その、お銀の父親の三右衛門という男、わしはまだ一度も診察した憶えはないが、壮健なのか」

「へえへえ、歳は五十をいくつか過ぎておりますが、いたって頑丈《がんじょう》な男で、ぴんぴんしております」

「ふうん。なんだ。そうか」長庵はつまらなそうに足もとの砂を蹴り、海の方をちょっと眺めた。

「では、母親の方はどうだ。母親は病弱ではないのか」

次第に長庵の思惑がのみこめてきた権六、ふたたびにたにた笑いながらかぶりを振った。「母親のおよし。五十近くになりますが、これも丈夫でございますな。ここ数年は、病気をしたという話を聞いたことがありません」

「ほかに家族はないのか。病気で死にそうな爺さんとか婆さんとか、何かそういったものはおらんのか」

「おりませんな。三人家族です」

長庵は不機嫌になり、いまいましげに舌打ちしてから権六をうわ眼遣いに睨みつけた。

「そうかい。よくわかったよ。ところで権六、お前は何をそんなに、にやにや笑ってるんだ。え」

「へっへっへ。長庵先生。あのお銀と近づきになろうというお気持、よくわかります。なにしろあのお銀は鼻島一といわれる器量よしですからな。だがそれだけに、先生、あの娘に眼をつけている男は多うございまして、まあ何でございますな、この島のひとり者の男全部がお銀を女房にしたがっていると申しましても言いすぎじゃございません。そのためかえって誰も手を出そうとせず、早くいえば牽制《けんせい》しあっておりまして、『お銀を守る会』なんてものもできそうな按配《あんばい》です。へへへへへ。こう申しちゃなんですが、先生、先生にはもうお島といういい世話女房がいるじゃありませんか。この上お銀ものにしようとなさるのじゃ、島の若い者が黙っちゃおりません。あのお銀だけは、おあきらめになった方がおよろしいようで」

島に戻って以来長庵は、名主長右衛門の離れの間から独立し、別に一棟の家を建て、そこでお島と一緒に暮しているのである。

「ふん」長庵は鼻で笑った。「権六。お前はこの長庵を少々見くびっておるようだな。あいにくとわしは、ほしいと思ったものは必ず手に入れることにしておる。なんだと、『お銀を守る会』だと。若い者が黙っちゃいないだと。若い奴《やつ》らに何ができるというのだ。おれに楯ついた半吉がどんなことになったか、お前だって知っているだろうが。ま、見ているがいい。必ず思いを遂げて見せるからな。ひ、ひひ、ひひひひひひ」尖った歯を見せて笑うと、長庵は浜から立ち去った。

大きな口をたたいたものの、家に戻っていくら思案しても、お銀を手に入れるいい方法が思いつかない。彼女と近づきになるだけなら、この島で長庵の顔を知らない者はいないわけで、お銀だって彼のことは知っている筈だから、浜であろうと道ばたであろうと、どこででもお銀に話しかければ事は足りる。だが長庵、もとよりそれだけでは満足できない。お銀を抱かねば気がおさまらないのだから、やはり何らかの策略でもってお銀を窮地に陥れ、たとえいやだろうと何だろうと、一応はふた親の納得ずくで彼女のからだを手に入れなければならないのである。

父親か母親が病気でもすれば、療治してやったあと、高い代金を吹っかけて困らせ、金のかわりに娘をさし出せと迫ることもできるが、誰かが病気するまで待つには根気がいる。そんな根気の持ちあわせは、あいにく長庵にはない。

考え続けているうち、長庵は次第にいらいらしてきた。

「あなた。また何か悪いことを考えていますね」傍らで針仕事をしていたお島が、長庵の顔つきを横眼で見てそういった。

「悪いことたあ何だ」むしゃくしゃしていた長庵は、矢庭《やにわ》にお島を張りとばした。

「ひっ」

顔が歪むほどの衝撃で、お島が畳にひっくり返る。着物の裾が乱れて白い太腿がちらと見えたが長庵はもうお島のからだには飽きあきしていて、何の欲情も起らない。一か月前、赤ん坊を死産してからますます味が悪くなったように思えるからだ。長庵のいらいらは、はげしくなるばかりである。

お島は泣きじゃくった。「だって、あなたいつもご自分のことを、おれは天下一の悪人だって、そうおっしゃってるじゃありませんか」

「ご免下さいませ。長庵先生はいらっしゃいますか」以前、まだ保険制度がない頃、息子の療治代がわりに干魚ばかり持ってきたあの漁師の女房がやってきて、畳に頭をこすりつけた。「先生様。また、子供の容態が悪うございます。あの、いつものお薬をいただきに参りましたが」

「いただきに参りましただと」長庵は憎にくしげに、ずんぐりした漁師の女の丸い背中を睨みつけ、唇を歪めた。「だれが薬なんかやるといった。薬の代金は持ってきたか」

女房はびくっ、として顔をあげ、また身を伏せた。「いえ、あの、持ってきてはおりませんが、それでもあの、保険金の方は、毎月名主様にお納めいたしておりまして」

「ふん。保険金か。あんなものはとうに底をついて、名主のところには一文もない。したがって、わしの方でもこの間から、代金引替でない限り療治もせぬ、薬もやらぬということにしておる」

「へええっ。ではあの、保険金がもう」女房は驚いて眼を丸くした。

「ん。何だなんだ。何をそんなに大仰に、眼を丸くして驚く」長庵は腹立たしげに、女房へ突っかかった。「お前らが雀《すずめ》の涙ほどを出しあったあれっぱかりのはした金、いつまでも残っていると思ったら大間違いだ。おまけに最近じゃ村の連中、まるで自分たちが金を払ってわしを養ってやっているのだとでも言わんばかりのでかい面で、ちょいとした病気、少しばかりの怪我で、得意客づらぶらさげてわしのところへやってくる。金を出している以上は医者にかからなきゃあ損だとでもいいたそうにな。冗談ではない。あれくらいの金はせいぜい四、五人の病人の薬代にしかならん。あとはすべてわしの支出で村の連中に奉仕しておるのだ。そこまで面倒見てやっているのに、その上大きな面をされたのでは、たまったものではない。今後は金を持ってこないやつに用はないのだ。わかったか。わかったら、さあ帰れ帰れ」

女房はたちまち泣き顔になり、おろおろ声を出した。「でもございましょうがわたしども、保険金を名主様の方へお納めしたにかかわらず、今月はまだ先生に一度もご厄介になってはおりません。お慈悲でございます。わたしどもの子供の療治代だけを、来月分の保険金の中へ繰りこんではいただけないでございましょうか」

「馬、馬鹿。ええい馬鹿者」長庵は怒鳴りつけた。「皆にそんな便宜をはかってやったら、たちまち一年先、二年先の請求分まで使ってしまうことになる。勝手なことをいうな。さあ、早く帰れ」

わっ、と、女房が泣き出した。

「ねえ、お前さん」見るに見かねて横からお島がとりなした。「薬をおあげよ。気の毒じゃないか。薬代が赤字というなら、せめて診察だけでもして、看病のしかたを教えてあげたら」

「だ、黙れ。お前までがなんということをいう。まるで、診察だけならただですむとでもいわんばかりではないか。この長庵のような名医の診察を受けようとすれば、江戸では何両という、薬代の何十倍もの大金が必要なのだぞ。気安く診察、診察といわんでくれい」

長庵はいらいらとかぶりを振り続けていたが、やがてうずくまって泣き続けている漁師の女房の肉づきのいい肩にふと好色の視線を向け、ちらと天井に視線を走らせてから、お島を振り返った。「これ、お島。お前が横にいて差出口したのでは応対がしにくくていかん。出ていってくれ。そこに胃の薬がある。そいつを勘八爺《かんぱち》さんのところまで届けてやってくれ」

「はい。かしこまりました」お島は素直に胃の薬の袋をとり、帯の間に入れて立ちあがった。

「いいか。代金は必ず受け取ってこいよ」

「わかっていますよ」

お島が出て行くと、長庵は漁師の女房に向きなおり、ゆっくりとうなずいて見せた。

「どうだ。あの通り、薬は誰にでも金と引きかえでなければ渡さんことにしておる」

「ではどうしても、お金なしではお薬をいただけませんので」

しょげ返ってそういう女房に、長庵はいやいやながらといった口調で答えた。「ああ。本当はそうしなければならんところだが、お前の家の事情や、病気の息子の様子もよく知っているから、このまま手ぶらで帰らせるというのもいささか気の毒だ。医は仁術というからのう。ま、今日のところはひとつ、薬代のかわりにお前のからだを抱いてやる、ということで勘弁してやろうか」

「へ」女房はのけぞり、うしろ手をついた。「せ、先生様。な、何をおっしゃいます」

「いやいや。遠慮するには及ばんぞ。お前のような四十女の、骨太でずんぐりむっくりの裸を抱いてもしかたがないのだが、まあ、ただで薬をくれてやったとあっては他の患者たちに悪い。お前も気が咎《とが》めよう。さ、抱いてやるから、そのうす汚い着物を早く脱いで裸になれ」

「め、滅相もない。先生様。わ、わたしには亭主がおります」

「わはははは。なんだくだらない。亭主に知られることを心配しておるのか。なあに、わしは誰にも言わん。安心しろ。お前さえ亭主に喋らなきゃいいのだ」

長庵はむろん、人に知られさえしなければどんな悪いことをしてもいいという思想の持ち主である。だから他人もみんなそうだと思っている上、だいたい漁師の女房風情が貞操観念というものを持っているなどとは夢にも思わない。

「なんだ。どうしたのだ。何をためらっておる」もじもじしている漁師の女房にじろりと白い眼を向け、長庵はまた苛立《いらだ》たしげな口調に戻った。「まさか、わしに抱かれるのが厭だとでもいうんじゃないだろうな。いや、もちろんこちらとしては、その方が薬をやらずにすむから助かるわけだがね」

「いえ。あの」女房はあわてて長庵の顔を見あげた。「決して。決してそのようなわけでは。こんなわたしでおよろしければ、あの、子供のためでしたら喜んで。あの、それでは」いそいで腰紐《こしひも》をときはじめた。

着物を脱いで裸になった漁師の女房の肌を見れば、小麦色といえばいかにも色気がありそうだが血色が悪いのでくすんだ灰色をしている。乳房はたるみ、腹と腰と尻の区別がまるきりつかない。それでもその頑丈そうな体格、いかにも力がこもっていそうな筋肉には、お島とはまた違った魅力がある。にやりと笑った長庵、自分もいそいで裸になると、まるで丸太棒を扱うような乱暴さで女房を仰向けにひっくり返し、その腹の上へのしかかっていった。

7

お銀をわがものにしたいという長庵の欲望は次第にふくれあがり、苛立ちはますますはげしくなっていった。その後、浜で見かけたお銀に二、三度近づいていって話しかけたりもしたが、眼をぎらぎら光らせ、蒼白《あおじろ》い顔に唇だけがいやに赤く、いつもぬめぬめと濡《ぬ》れていて、そこから今にもだらりとよだれが流れそうという長庵の表情におびえ、お銀はなかなか気を許そうとせず、彼女の身のまわりを警備している親衛隊が邪魔したりするため、ゆっくり話すこともできない。

挫折《ざせつ》した欲望は別のところへ噴出する。漁師の女房で味をしめた長庵は、療治費薬代を支払えない患者の家族に女がいると、否応なしにこれを犯した。むろん表面的には合意の上であるが、患者の家族にしてみれば言うことをきいておかないと次に誰かが病気になっても診てもらえない上、たとえ金を出しても意地悪されて薬を貰《もら》えないということになるかもしれないし、悪くすれば村八分にされるおそれもあるから、泣くなく長庵の言いなりに女房や娘を抱かせてやる。長庵ますますいい気になり、もはや人を人とも思わず、やることが滅茶苦茶になってきた。

「ええい。女はおらんのか女は」今日も今日とて長庵、診察にきた漁民の家で怒鳴り散らしている。

「それが先生様。四年前妻に死なれまして」

病床で寝ている中年の漁夫がおろおろ声で詫《わ》び続けていた。「まことに申しわけございません」

「女もおらん。金もない。それでよくもこの長庵に、往診してくれなどと厚かましいことがいえたものだな。え」そういってから長庵は、ふと首をかしげた。「待てよ。するとさっきわしを呼びにきたあの眼玉のでかい小娘、あれはどこの娘だ」

「はい。あれはわたしの娘の、お隅《すみ》でございますが」

「そうら見ろ」長庵は漁夫に笑いかけた。「女はいるじゃないか」

「えっ」漁夫はあわてて布団の上に起きなおった。「で、でもあの娘は、まだわずか八歳でございまして」

「八歳だから女ではないというのか。女としての器官を持っておらんというのか」

「いえ、いえ。そんなことは申しませんが」

「そうだろう。どこにいる。奥の部屋だな」

長庵は立ちあがった。「わっ」漁夫は仰天して病床から抜け出し、長庵の足にすがりついた。「お、お慈悲でございます。お隅だけは許してやってくださいませ」

「許せ。許せとは何ごとだ」長庵は一喝した。「この長庵のお手がつくのをありがたいと思え」病人を蹴倒し、障子をがらりと開いて奥の間にいたお隅に長庵はつかみかかった。「そうかそうか。お隅というのか。わしがいいことをしてやるからな。おとなしくしなさい。けけけけけけけ」

あれっ怖いと叫んで逃げまわるお隅を追いまわし、とうとう板の間で寝ている病人のすぐ傍らで押さえこんでしまった。

「お父う。助けてえ。怖いよう」

涙でぐしょぐしょに濡れた娘の顔へ長庵は髭《ひげ》づらを押しあて、へらへら笑いながら彼女の垢《あか》じみた着物の裾をまくりあげた。漁夫は幼いひとり娘が犯される様を見ながら布団の中でわあわあ泣いている。

「ああっ。痛い。痛いよう」

「ぎゃあぎゃあ泣くんじゃない。この長庵様から可愛がっていただけるのを光栄に思え」

光栄に思うどころではない。器官をばりばり裂かれるような激しい痛みにお隅は七転八倒の苦しみである。

「これ。そのように暴れるなというのに。ええい。どうも板の間ではうまくいかん。おい、お前その布団から出ろ」

病人を追い出した布団の上へ娘をかかえこみ、長庵はのたうちまわる彼女の小さなからだをがつがつとむさぼった。悲鳴。鼻息。絶叫。野獣のような呻き声。父親は部屋の隅まで四つん這いに這って行き、頭をかかえこんで耳を押さえ、身を顫《ふる》わせている。

やがて欲望を満たしてしまった長庵は砂を嚙《か》んだような表情で立ちあがり、鮮血にまみれた下腹部を剝《む》き出しにして股を開き気を失っているお隅を見おろし、吐き捨てるようにつぶやいた。

「色はまっ黒けでガリガリに痩《や》せていて、おまけに大変な悪臭。こんなおかしな代物を、よくまあ抱く気になったものだ。ああ胸が悪い」ぺっ、ぺっと、のべつ唾を吐き散らしながら彼は帰っていった。

お銀を抱きたいという想いは長庵の中で、次第に固執的になっていった。狭い島の中で他に何の目標も見出せず、ただただお銀のことだけをねちねちと考え続けたためである。不器量な娘たちや中年の女房どもを抱けば抱くほど、お銀を抱けばもっとすばらしい筈など尚《なお》さらお銀のことを考えてしまうのだ。お銀に会うたび、ますます彼女が美しく可愛く見え、もうどう仕様もないのだが、彼女を抱ける機会がやってこないために欲望はふくれあがる一方、苛立ちは増す一方、他へ向ける攻撃ははげしくなる一方である。お島などはもう、一日とて彼から殴られぬ日はない。

「なんだと。女がいないだと。嘘をつけ」そんなある日、また長庵が往診にやってきた家で怒鳴っていた。「この家には娘がいたのではないか。あの娘をどうしたのだ。あの娘を出せ」

患者の家族が彼の顔の恐ろしさに顫えあがりながら答えた。「あ、あの娘はこの間、よ、嫁にやりました」

「なに嫁にやっただと。よし。すぐつれ戻してこい」

「ご、ご無体な。嫁にやった以上は実の娘といえど他家の女、勝手につれてくることはできません」

「あの娘がいると思ったから来てやったのだぞ。詐欺ではないか。お前らはなんと悪いやつらだ。あの娘の他に女はおらんのか。あの娘の他に女は」憑かれたような眼つきできょろきょろと家の中を見まわしていた長庵は、ふと今の今まで診察していた患者に気がついた。

「そうだ。女といえば、こいつも女ではないか」

風邪で寝ているのはこの家の主人の母親、当年とって六十八歳の老婆である。昔の六十八歳といえば大変な年寄りであって、現在の八十幾歳かに相当しよう。「それはまあ、たしかに女には違いございませんが」これもすでに初老に近い年齢の息子がそういいながら首を傾げた。「でも先生様まさかこの老婆を」

「なあに。老婆であろうと何であろうと、お前を生んだ限りは女としての器官も備えている筈」長庵はそう言うと矢庭に病人の布団にもぐりこみ、よぼよぼの老婆のやせこけたからだに抱きついていった。

おどろいたのは家人たち。

「わっ。何をなされます。相手は病人でしかも老齢、そんなことをなされたのでは死んでしまいます」

「なに死んでもかまわん。お前らとてどうせ早く厄介払いがしたいのであろうが」長庵、はや老婆の胸の上で大きく息をはずませはじめた。

あまりのことに家人はものも言えず、ただ茫然と眼を見張り、ぽかんと口を開いてこの地獄絵のような光景を見つめるばかりである。長庵の興奮が高まるにつれて老婆の方も、意識は朦朧《もうろう》としたままだが本能的にそれなりの反応を見せはじめ、ついには鼻をすすり呻き声をあげ時には身をのけぞらせたりして、いわば恍惚《こうこつ》の二乗である。だが、さすがに負担が大きすぎたのであろう、長庵と共に絶頂に達するや否や、ことんと枕《まくら》をはずして本当に成仏してしまった。

「や。死におった」さすがに長庵も驚いて、あたふたと布団から這い出た。

「おっ母あ」

「婆あさま」

泣きながら屍体《したい》にとりすがる家人たちをじろりと横眼で眺め、やや気をとりなおした長庵がふてぶてしくうそぶいた。「極楽往生とはこのことだな。わしも死ぬ時はこういう具合のくたばり方をしたいものだ。わははははは。南無阿弥陀仏《なむあみだぶつ》、南無阿弥陀仏」

そそくさと帰ってしまった。ひどい男もいればいるものである。

8

長庵の悪行は加速度的に悪鬼羅刹《あっきらせつ》のそれへと近づいていき、彼の傍若無人の振舞いは狭い鼻島で誰知らぬ者のない有様だが、それでも表立って彼の悪口を言ったり非難したりする者はいなかった。島民たちはまだ半吉とその母親の、ひどい死にざまを記憶していたからである。しかし長庵の方では、だいたい島民如《ごと》きがたとえ自分のことをどう噂していようと問題ではない。ただお銀によって胸につけられた火が発する熱を、なんとか発散させてしまおうとして、これはこれでのべつじたばたと苦しんでいるわけである。

「こらこら貴様。怪我の療治をしてやったのだから、金を置いていけ」今日も長庵は彼の家へ足の怪我を見てもらいにやってきた漁夫が、びっこをひきひきそのまま帰ろうとするのを呼びとめてそういった。

「あいにく金の持ちあわせがございません。この次には必ず払いますから」初老の漁夫がぺこぺこ頭を下げた。

「こらっ。お前のようなやつばかりだから、まったくもって油断も隙《すき》もない。金を持たずに診察を受けにくるやつがあるか。そんなら女をつれてこい。娘はいないのか」

「へえ。娘も息子もおりません」

「女房は」

「貧しいため、この歳になるまで女房のきてがありませんでした」

「ふてえ野郎だ。ええい、どうしてくれようか」長庵はいらいらと、家の中を見まわした。

使いに出したので、ちょうどお島はいない。

「それではしかたがない。せめてお前の尻で心を慰めるとするか」

「へっ」

「あっちを向け」

「な、何をなさいますので」

「いいから、あっちを向けというのだ」漁夫に尻を突き出させた長庵は、彼の着物の裾をまくりあげた。「うーむ。汚ねえ尻だなあ。褌《ふんどし》を、ながいこと洗濯《せんたく》していないだろう」

「へえ。このまま海へ入ったりしますので、いわばそれが洗濯。身につけてからもう四年ほどになりますが」

「ひどいものだ。蛔虫《むし》はおらんだろうな」

「さあて。それは知りませんが」

「みみず千匹ではなく、蛔虫千匹かも知れんな。まあいい。しばらくじっとしていろ」

「いてててて」

「辛抱しろ。なんだ男の癖に」

長庵は立ったままで漁夫の尻を荒っぽく使い、欲望を満たし終ったあと急にげっそりして腹を立てた。

「ええい。このうす汚ねえ尻め。とっとと失せろ。気が滅入る」まっ黒けの尻を思いきり蹴とばした。

「わっ」漁夫は土間にころげ落ち、もう片方の足まで折ってしまった。

夕方、家に戻ってきたお島が、村で聞いた噂を長庵に語った。「三右衛門さんが腹痛で昨夜から寝込んだままだそうですよ」

「なに三右衛門が」ぎらり、と長庵の眼が光った。「そうか。腹痛か。むひひひ」

三右衛門というのはお銀の父親である。

「あんなに健康だった人がねえ。やっぱり歳だからでしょうかね。それともただの食あたりでしょうか」お島はそういいながら横眼で長庵の反応をうかがった。彼がお銀に惚れているという島中の噂は、むろんお島の耳にも入っている。その噂がどの程度本当かを、お島は彼の顔色で知ろうとしたのだ。

「う。うん。そうよなあ」お島の手前、長庵はさすがに何気ない顔つきを装って顎《あご》をなでた。「腹の病気だとすると厄介なことになるぞ。最近の金創医どもが腹診を重視しとるのを見てもわかるだろう。腹は万病の宿るところだ。抛っとけば命とりになる病気かもしれん。なのに、なぜ三右衛門の家からは、わしに往診を乞《こ》いにこないのだ」

長庵はじろりとお島を見た。「え、なぜだ。お前知らんか」

お島は笑いそうになるのをやっとこらえた。

三右衛門の家でも当然、長庵に関する悪い噂は知っているし、彼がお銀に横恋慕していることも悟っているから、法外な療治代を吹きかけられ、払えなければお銀を抱かせろと持ちかけられては大変と思い、彼を呼ぶのをためらっているのである。お島はむろんそのことも耳にしていたが、長庵にそんなことを話したら怒り狂ってどんなことをはじめるやらわかったものではない。

「さあねえ。わたしは知りませんよ。二、三日様子を見てから、とでも思ってるんじゃないですか。何しろ今まで病気をしたことのない人だからねえ」

「しかし、療治が遅れればそれだけ命を縮めることになるぞ」長庵、いても立ってもいられぬ様子である。
二、三日のうちにけろりと治っては、せっかくの機会を逃がすことになり、具合が悪い。また、急に容態が悪くなって診察をせぬうちにころりと死なれても、療治代を請求できなくなって困るのである。なんとか早く療治してやらねばならないのだが、まさか何も言ってこない家へ押しかけ療治に行くわけにもいかない。医者としての誇りが許さないのである。

「いつもに似ず、いやに病人をご心配ですこと」お島がやっと皮肉をいった。それ以上のあてこすりをいうとぶん殴られてしまう。

「な、何言やがる。医者が病人の心配をするのはあたり前だ」急に人情医者に早変わりした長庵がいらいらと答えた。

さらに二日経った。だが三右衛門の家からは何の連絡もない。長庵がそれとなく様子をさぐって見たところでは、病人の容態は一進一退、起きて働くこともできないかわりに、医者を呼ぶほどの熱や痛みがあるわけでもないといった様子らしい。

「ちえ。馬鹿め。療治にさえかかればその日からでも起きあがれるものを。医者をこわがりおって愚かな連中だ」

長庵は自分の野心を見すかされているとは夢にも思わず、しきりに三右衛門の無知を罵っている。

たまたま浜などでお銀を見かけ、話しかけようとしても、さっさと逃げられてしまうため、自宅での素人療治の危険性を説いてやることもできない。むろんお銀の方では、父親の容態を訊《き》かれて長庵にひっかかりができ、無理やり往診に押しかけてこられることを恐れているわけである。ことは彼女自身の貞操にかかわっているのだから。

長庵の苛立ちは前にも増してはげしくなり、激情と憎悪をぶつける対象を他に求めて八つあたりをはじめた。迷惑なのは他の患者たちである。もはや色情狂と化した長庵の行くところ女は犯され男は痔《じ》になり、病人は必ず死ぬというひどい有様。一度などは出産直前の妊娠中毒の女を犯してとうとう殺してしまった。

子供だけは無事に生まれたものの、悪いことにはこの児が女だったため、長庵は、どうあってもこの女児を犯すといってきかない。

おどろいたのは父親。

「な、な、何をおっしゃいます。こんな赤ん坊にそんなことをなさったのでは、この児まで死んでしまいます」

「かまわんではないか。おれが助産してやらなければどうせ死んでいたところだ」長庵は鬼のような顔で父親を睨みつけ、眼をぎらぎらと黄色く光らせてそういった。「それに、男手ひとつでは満足に育てることもできるまい。この貧乏暮しでは餓え死にさせてしまうのがおちだ。今のうちに殺してやった方がこの児にとっては幸せというもの」勝手な理屈もあったものである。「残念ながらこの長庵、まだ生まれたばかりの幼児だけは犯したことがない」あたり前である。そんなことをする人間はいない。

父親はあきれてしまい、あまりの暴言に返すことばもなく、ただ眼を白黒させているばかりである。

けんめいに押しとどめる父親を蹴倒し、まるはだかの赤ん坊の両足をひっつかんで逆様にした長庵は、自らの巨大な赤黒い亀頭《きとう》をむき出しにして、火がついたように泣き続けている幼児のほんのかすかな裂けめに、立ったままでぐいぐいと捻《ね》じこんだ。

血が噴き出し、さかさまにされた赤ん坊の蒼白い腹と背中に何十条もの鮮血が糸をひく。その血が鼻孔に入って窒息し、赤ん坊はとうとう動かなくなってしまった。

「ええい。面倒だ」

なかなか挿入《そうにゅう》できないので業を煮やした長庵、ついにばりばりと赤ん坊の股《また》を裂き、やっとのことで思いを遂げた。肉片と血がとび散る中へごろりと小さな屍体を投げ捨て、わっと泣き伏す父親を尻目に長庵は平然として帰って行く。こうなるともはや地獄道、いや、閻魔《えんま》さえはだしで逃げ出す悪虐さ、残忍さである。

9

長庵の乱行はもはや島で誰知らぬ者がなくなった。いや、知らぬどころか半数以上の者が何らかの形で直接間接に長庵から被害を蒙《こうむ》っているわけであるし、江戸ならともかく小さな島の中ではやったことのすべてがその日のうちに知れわたってしまうのが当然。もっとも長庵の方でも、自分のしたことを少しも隠そうとはしていないのだから、知られてあたり前である。

地獄医者の名が拡がり、島民の中からは次第に怨嗟《えんさ》の声があがりはじめた。だが、不思議なことにその怨嗟の半分以上はお銀に向けられた。お銀さえ長庵の思い通りになっていれば、他の者がこんなにまで苦しめられることはないのにという、虐げられるのに馴れた下層階級民独特の考え方である。

ところがお銀の周囲には例の親衛隊の若者たちがいて、こっちは意地でも彼女を守ろうとするから、そんな声が出はじめるとますます守りを固め、また、お銀への恨みの声が彼女に届かぬよう気をつけたりもする。

そんなある日、三右衛門の家へふらりと長庵があらわれた。

往診を乞われたわけではないからさすがに家の中へは入らない。戸口に立ち、病床の三右衛門に声をかけた。「やあ三右衛門どの。腹の具合が悪いとか耳にしたが、加減はどうじゃな」

他の島民たちに対しては名主以下すべて呼び捨てにする長庵も、三右衛門にだけは殿つきで呼びかける。

「これは、長庵先生」重病でないことを示そうとし、三右衛門はあわてて布団の上へ起きなおった。「この通り、たいしたことではございません。どうやら、ただの食あたりだったようでございまして。はい。もうなんともありません」

「ふうん。しかしただの食あたりが四日も五日も続いたというのはおかしい。腹の病はしばしば命とりになることがある。とにかく腹に毒が溜っていることに違いはあるまい。諸病ともに一つの毒がある。毒は水穀の濁気の成るところじゃ。留滞は即ち毒。その毒を早く出した方がよい。ほら下剤を持ってきてやったぞ」薬の包みを、ぽんと三右衛門の前へ投げ出した。

「おっ、こ、これは」

「あははは。なあに、心配せずともよい」あわてる三右衛門に、長庵はいった。「安い薬じゃ。金はいらん、金はいらん」磊落《らいらく》に笑い、長庵は帰っていった。

長庵が三右衛門の家へ立ち寄るのを見ていた監視役の若者が近所の親衛隊員に伝えてまわったため、十人足らずの若い漁師たちが大あわてで集まってきた。

「三右衛門さん。長庵先生は何と言って帰った」

「無理難題を吹きかけられたのではないか」

「押しかけ療治に来たのかね」

「お銀ちゃんは大丈夫か」

「お銀ちゃんはどこにいるのだ」

長庵の姿を見て、いそいで裏口から逃げ出していたお銀と、母親のおよしが戻ってきた。

「お父っつぁん。どうだったの」

「お前さん。長庵先生はどう言いなさったのだね」

「うん」三右衛門は膝《ひざ》の上の薬を茫然と眺め、何ごとか考えながら答えた。「金はいらんとおっしゃって、下剤を置いていってくださったよ」

「そんなもの、返した方がいい」若者のひとりが叫んだ。「服んだりしたら大変だ。あとで高い金額を請求されるぞ」

「そうだそうだ」

「いやいや、そんなことはあるまい」人のいい三右衛門がかぶりを振った。「金はいらんと、あれだけはっきりおっしゃったのだ。まさか請求はなさるまい。いろいろと悪い噂もあるようだが、直接お話を聞いてみれば、たいへんやさしい先生だ。あまり人を疑うのはよくない。この薬はありがたくいただいておきましょう」

「ふうん。そんなに親切だったか。してみると」若者のひとりが腕を組んだ。「長庵先生も、お銀ちゃんにだけは心底惚れ抜いていらっしゃるのだろう。だから三右衛門さんにもそんなに親切になされるのだ」

もうひとりの若者がいった。「うん。他でどんな悪いことをしている人間でも、惚れた女にだけはまごころを見せるというからな。考えてみればよくある話ではないか」

四、五人がうなずいた。「ふん。それもそうだな」

他のひとりの若者がいった。「そうとも。お銀ちゃんみたいな可愛くて無邪気な娘には、どんな悪人だってやさしくしたくなる筈だ。悪いことなど考えたりはしない。長庵先生もおれたち同様、お銀ちゃんにだけは真剣に惚れていなさるに違いない。だから父親の三右衛門さんにもやさしくなさるのだろう」

「そうだ。そうに違いない」

純朴な漁夫たちは、簡単に長庵の善意を信じこんでしまった。

ところがその夜、長庵からもらった下剤を服んだ三右衛門はたちまち嘔吐《おうと》と下痢に見舞われ、高熱を出した。薬の用量を間違えたのかもしれんと思い、三右衛門はすぐおよしを長庵の家へ迎えに出す。待ちかまえていた長庵、しめたとばかりやってきて三右衛門の容態を診察し、大きくうなずいた。

「ははあ。これはやっぱり、あの薬を一度に全部服んだのがいけなかったのですな。あれは鼠李子《そりし》の実だったのじゃが、大量に服用するとこうなる」

じつは鼠李子の果実はたしかに下剤として効きめがあるが、他の多くの薬同様やはり一種の毒物であって、少くとも一年以上経ったものでないと効果が強過ぎて副作用がはげしい。長庵はそれを知っていながら、わざと新しい鼠李子を三右衛門にあたえたのである。

丹念に診察し、さらに看護の仕方をあれこれとおよしに教えてから長庵は帰っていった。療治費のことはこれっぽっちも口に出さない。ありがたい、ありがたい、親切な先生だ、無料で診察してくださったと三右衛門一家が喜んでいると、その翌朝、また長庵があらわれた。

「お加減はいかがかな」

「はい。おかげさまでもうすっかりよくなりました」三右衛門とおよしが上り框《がまち》に並んで頭を下げた。「この分では明日あたりから浜へも出られそうです」

「それはよかった。ところで今日は昨夜の療治代をいただきにきたのだが」

「へ。では、昨夜の療治はあの、無料にしていただいたのではなかったので」

長庵はたちまち渋い顔になり、掌を返したような強い口調でいった。「冗談を言ってもらっては困る。たしかに下剤は無料で恵んでやった。しかし往診を乞うておきながら療治代まで無料にしろとは、なんと図ずうしい。ぜひ払ってもらいたい」

「ははあ。で、あの、いか程お払いすればよろしいので」

長庵が口にした金額を聞いて夫婦は腰を抜かすほどおどろいた。「と、とてもそれだけのお金は、お払いできそうにありません」

「ほう払えぬというのか」長庵の眼に、何ものかにあこがれるかのような光が宿った。口を半開きにした。尖った赤い舌が口腔《こうこう》の奥でへらへらと踊った。頬《ほお》に卑しい笑いが浮かんだ。「そうかそうか」何度もうなずいた。「そうか」

大声で叫んだ。「ではお銀をもらっていこう。お銀はどこだ。お銀を出せ。療治代のかわりにお銀をいただく」ついに本性をあらわし、長庵は土足で家にあがり込もうとした。

「うわっ。ちょちょ、ちょっとお待ちください」三右衛門とおよしが、長庵の両足にすがりついた。

「お金は必ず、必ずお払いいたします。お銀だけはお許しください」

「なに、金を払うだと。今、そんな金はないといったばかりではないか。いったい、いつ払うのだ」

「はい。なんとか工面いたしまして、一両日中には」

金を払うといわれたのではしかたがない。「明日だ」と、長庵は怒鳴った。「明日持ってくれば許してやる。持ってこなかったら、お銀をつれにくるぞ。覚悟しておけ」どうせ明日までにそんな大金を工面できる筈がないと思うものだから、長庵その日はあっさりと帰ってきた。

いよいよ明日の晩はあのお銀を抱ける、そう思うと心が躍り、お島の手前浮わついた気持を隠そうとするのだが、どうしてもにやにや笑いが顔にあらわれてしまう。事情を近所の女房どもから聞いて知っているお島は、そんな長庵を恨みのこもった眼でにくにくしげに横眼を遣い、じっと見つめた。すでに彼女は長庵を、はげしく憎悪しはじめていたのである。

10

次の日の夕方、そろそろお銀をいただきに行こうかと舌なめずりしている長庵のところへおよしがやってきて、意外にも昨夜請求した金の全額をさし出した。「先生様。ご請求のありました三右衛門の療治代でございます。どうぞお納めくださいませ」

「あっ」長庵はおどろいて眼球をとび出させた。

傍らでお島はほくそ笑んだ。「お銀を守る会」の連中が、なんとか金を掻《か》き集めようとして躍起になり、昨日から島中をかけずりまわっていたことを知っていたのである。

しばらくぽかんとしていた長庵は、やがて渋い顔でうなずいた。「そ、そうか。金か。ううむ。そうか。たった二日で、よく工面できたな」

金は受け取ったものの、腹の中は後悔と鬱積《うっせき》した欲望と怒りでどろどろと煮えくり返っている。こんなことなら昨夜、有無を言わさずお銀を奪ってくればよかったと思い、地だんだを踏む思いである。

およしが帰っていったあと、いまいましさにじっとしていられなくなった長庵は、ちょっと出かけてくるぞと言い置いて家をとび出した。むしゃくしゃして、誰かに八つ当りせずにはいられない。誰をいじめに行ってやろうかと考えているうち、漁師の京八《きょうはち》の妻でお種《たね》という女の病気の療治をしたまま、まだ代金を受け取っていないことに気がつき、長庵はさっそく京八の家へやってきた。

客がいっぱい来ていて、いつもと違う様子に、首をかしげながら中へ入ると、奥の間の正面に棺桶《かんおけ》が置かれ、線香が立てられている。

「お種が死んだのか」

さすがに茫然としてそう呟《つぶや》いていると、奥から出てきて一礼した京八が泣きながらいった。

「ようこそお越しくださいました。せっかく先生様に診ていただき、お薬もいただいておきながら、とうとう昨晩」

「ふうん。そうか。それは気の毒じゃったのう」あまり気の毒でもなさそうな調子でそういった長庵は、やがて気をとりなおして京八にうなずきかけた。「だが京八、わしは今日、悔やみを述べにきたのではない。療治代、薬代を貰いにきたのじゃ。いくら病人が死んだからといって、それとこれとはまた別、死生は医の与らざるところだ。ながいこと貸したままであったが、今日こそは貰って帰りたい。さあ、金を出してくれ」

「ちょ、ちょっとお待ちくださいい先生様」眼をまっ赤に泣き腫らした京八がおろおろ声で答えた。

「この通り今日はとりこんでおります。わずかな金もこの葬式の費用に使い果たし、今は一文も残っておりません。必ずお返しいたしますので、もう暫《しばら》くお待ちくださいませ」

「なんじゃと」長庵はたちまち大声を出しはじめた。「葬式の費用に使っただと。医者の払いも満足にできぬやつが、何が葬式だ。漁師のくせに、手前の女房にご大層な棺桶まで作りやがって。その上わしには金を払わんというのか。その性根が腹立たしい。よし金がないというなら女を出せ。そこにきている客はみなお前の親類であろう。いちばんよさそうな女を選んで責め苛《さいな》んでやるぞ」ずかずかと奥の間に踏み込んだ。

客がおどろいて、蜘蛛《くも》の子を散らすようにわっと逃げ出した。縁側から転げ落ちるように庭へ逃げるもの、裏口からはだしで走り出るもの、表からとんで出るもの、主人の京八まで逃げてしまい、家の中には誰もいなくなってしまった。

ひとり残された長庵は、当る人間がいないので余計腹を立てた。

「くそ。何をしてやるか。も。おのれ、見ておれ」

線香立てをひっくり返して位牌《いはい》をへし折り、力まかせに棺桶の蓋《ふた》をひっぺがし、横に蹴倒した棺の中から裾を尻までまくりあげてごろごろところがり出てきた屍体の装束を全部剝《は》いでまる裸にした。三十を過ぎたばかりで小肥《こぶと》りの新仏を見、にやりと笑った長庵、自分も裸になると、そのひんやりとした肌ざわりの屍体におそれ気もなく抱きついていった。

「生きている女と違い、こいつにはどんな破廉恥な恰好でもやらせることができる。いや面白い面白い」さんざ仏をなぐさみものにして最後にとうとうこれを犯し、ものはついでと、あたりにあった酒や料理を全部平らげてしまった。

やっと、少しばかり気のおさまった長庵が、ほろ酔い機嫌でわが家に帰ってくると、ながい間彼の帰宅を待っていたらしい弟子の東沢が立ちあがり、なぜかあわてふためいた様子でいった。

「あっ先生。どこへ行ってらしたのです」

「おう。東沢ではないか。いつこの島へやってきたのだ」

「今、舟で着いたところです。それより先生、大変です。もうすぐ不浄役人が大勢、先生を捕えにここへやってきます。わたしはそれを、ひと足先にお知らせにきたのです」

「なんだと。ではついに居所が知れたか」

「先生が知らせたようなものです。いくら離れ小島だからといって、傍若無人に幼児や老婆や病人を犯したり殺したりすれば、この島の連中が肥前へくるたびに言い触らしますから、悪い評判が立ち、役人の耳に入るに決っているではありませんか。どうしてもう少し行いを慎んでくださらなかったのです」

「馬鹿な。この長庵に行いを慎めといってもそれは無理じゃ」

「ではやっぱり、あなたは江戸で悪いことをして逃げてきたお尋ね者だったのですね」

お島が恨めしげに長庵を睨んだ。「だましたのね。わたし、あなたが憎いわ」

長庵は怒鳴り返した。「何ぬかしやがる。今までわしの世話になっておきながら」

「喧嘩している場合ではありません。さあ先生、早く逃げましょう。今ならまだ、間に合います」東沢が長庵を急き立てた。

「舟はあるのか」

「浜に用意してあります。八造も待たせておきました。さあ早く行きましょう」

「まあ待て待て。そうか。ふうん。役人どもがくるのではしかたがない。逃げよう。だが逃げる前に、して行くことがある」

「何をするというのです。そんな時間はありませんよ」東沢がいらいらと足踏みをした。

「この人がしようとしていることはわかっています」お島は憎しみの眼を長庵に向けたままでいった。「あなたはお銀ちゃんを攫《さら》っていくつもりですね。舟に乗せて、一緒につれて行くつもりでしょう」

「ふん。よく知っているな。その通りだ」長庵は嘯《うそぶ》いた。

「わたしはつれて行かないのですね。わたしなんか、どうなってもいいんですね」お島は唇をきりきりと嚙《か》んだ。「く、口惜《くや》しい」

「お前は舟のところで待っていろ」お島などもはや眼中にない長庵は、東沢にそう命じた。「おれは女をひとり、かっ攫ってくるからな」

「なんでもいいから、早くしてください。じゃ、先へ行って待っています」東沢は浜へと駆け去った。

いったん家に入り、金目のものをまとめていた長庵の背中へ、お島が包丁で斬りつけてきた。「わっ。何をしやがる」あやうく身をかわし、長庵はお島の手をつかんでねじあげた。「こいつ、おれを殺そうとしやがったな。ふとい女だ。もう承知できねえ。行きがけの駄賃《だちん》にあの世へ送ってやる」

包丁をとりあげ、お島の胸へずぶ、と根もとまで突き刺す。

「ぐ」だらだらだらと口の端から血を流し、凄い眼で長庵を睨みつけたままお島は息絶えた。

俯伏せに倒れ、背中から包丁の尖端《せんたん》をのぞかせているお島をそのままにして家をとび出すと、長庵は三右衛門の家へ韋駄天《いだてん》走り。

「わっ。来た。来た」浜で長庵を待っていた東沢が、沖を見てとびあがった。「や、役人だ。役人だ」

すでに陽は落ちて黒く、暗い海。さだかでない水平線近くと思われるあたりに提灯《ちょうちん》の火が七つ、八つ。役人たちの乗った数艘《そう》の小舟なのであろう。

「役人だって」八造が聞き咎めた。「そうか。どうも様子がおかしいおかしいと思っていたら、やっぱりあんたたちは役人に追われていたんだな。お尋ね者が逃げる手伝いをしたとあっては、こっちまで重罪人になってしまう。わしゃもう、船頭の役はご免蒙るよ」

「お、おい。待てっ」

東沢がとめるのもきかず、八造はあたふたと村の方へ逃げてしまった。東沢だって逃げ出したいのだが、おれを見捨てたら役人にあることないこと告げ口して、罪を全部ひっかぶせてやるぞと、長庵からさんざおどかされている。長庵が捕ったら、彼もただではすまないのである。だから足踏みしながら、今か今かと長庵がやってくるのを待っている。

「おいっ。あの火は役人の舟ではないか。早く舟を出せ」長庵が砂浜を波打際へ駆けおりてきてそう叫んだ。

片腕にはお銀を横抱きにしていた。お銀は泣き叫びながら足をばたばたさせていて、その太腿が夜目にも白い。

長庵は舟にお銀をかかえこみながら東沢に訊ねた。「八造はどうした」

東沢もそのあとから舟に乗りこみながら答えた。「逃げました」

「そうか。しかたがない。お前が漕げ」

「どっちへ逃げましょう」

「島の裏側へまわれ。隙を見て肥前に向かうのだ」

「はい」馴れぬ手つきで、東沢が櫓を漕ぎはじめた。

「いやです。いやです。はなしてください。帰らせて。帰らせて」

泣き叫ぶお銀を、長庵は舟の中ほどでしっかりと抱きかかえている。漁師の娘だから泳ぎは達者、うかうかしていると海へとびこんで逃げられてしまうのだ。

役人の舟が、ますます近づいてきた。八艘の舟に乗った役人たちの姿さえ見えはじめていた。

「見つかったようです」東沢が泣きながら叫んだ。「先生あきらめてください。わたしはもう腕が抜けそうで、とてもこれ以上漕げません」櫓を投げ出し、舟底へすわりこんで頭をかかえ、彼はわあわあ泣き続けた。「もうおしまいだ。おしまいだ。ああああああ」

今はこれまでと覚悟した長庵、せめてこの世の思い出に最後の思いを遂げようと、お銀を舟底に押し倒し、その小柄なからだに武者振りついた。

「ああっ。やめて。やめて」

けんめいに抗《あらが》うお銀の着物を剝ぎ、自らも交る姿となった長庵。だがどうした加減か、自慢の逸物まったく役に立たず、萎《な》えたままでさっぱりふるい立たない。「やっ。これはどうしたことだ」

切迫した周囲の事情に気が散るためか、美しいお銀に気おくれがするためか、いやいや、この大悪党の長庵にそのようなことはない筈と必死の思いで自己暗示をかけようとするのだが、焦れば焦るほど、苛立てば苛立つほどどうにもならない。

「く、くそっ。ざ、残念だ」

大悪党の筈の長庵、ついにすすり泣きはじめた。

あきらめて、お銀の豊かな両の乳房の間へがっくりと顔を伏せ、赤ん坊のように泣きじゃくる長庵の頭上へ、周囲をとりかこんだ八艘の小舟からとぶ御用、御用の声が嵐のように降りそそいだ。

解説

扇田昭彦

筒井康隆氏の小説は、男性の一人称で書かれることが多いが、そのときの人称代名詞は、ほとんどの場合、おれもしくは俺である。わたしもしくは私が使われることは、大変少ない。三人称の彼で書かれることもあるが、その場合でも、主人公の独白の部分になると、かならずおれになる。筒井ファンの私などは、筒井作品といえば、まずまっさきに、おれということばが条件反射のようにパッと浮かびあがってくる。快作『おれに関する噂』（一九七二年）にひっかけていえば、要するに、筒井氏の作品はことごとく「おれに関する物語」、あるいは「おればかりに関する物語」なのだ。

その理由は、私たちが自分の心のなかを、ちょっとのぞきこんでみれば、はっきりする。私たち男性が、心のなかで自分のことを考えるとき、その主語はたいていおれになっている。

「そんなことはない。私の場合は、心のなかでもわたしだ」「いや、ぼくだ」という反対の声もあるかもしれないけれど、あまり信用できない。この世を生きぬいている一人前の男なら、心のなかの自分にまで、折り目正しいわたしとか、カマトトめいたぼくなどということばを使うことは、まずない。良識とか他人への配慮といった枠をひとまずとりはずしたとき、私たちの心の底にぬっと立っているのは、いつも荒々しく本能的なおれである。

だから、つねにまぎれもない悪漢《ピカロ》としてのおれを通して展開する筒井氏の作品は、すさまじい本音の世界であり、自己保存の欲望ばかりが、まばゆく光り輝きながら、メカニックに跳びはねる。お行儀のいい建前と理想主義は崩れ落ち、元気いっぱいの本能と欲望によって、見るも無残に踏みくだかれる。ここでは、愛情とか人情といった、いわゆる情の世界もほぼ完全な撤退を強いられる。

「真実の文学」と題した筒井氏の宣言めいた短い文章が、私は大変好きだ（『別冊奇想天外』第三号。一九七七年）。これほど見事に、簡潔に、しかも攻撃的に、筒井氏が自分の世界を要約したことも珍しいと思うので、あえて全文引用しよう。

《人類はみな平等。愛。「わたしは嘘を申しません」。性善説。「戦争はご免だ」。まごころ。先人を敬まおう。不幸な人に愛の手を。／こういうものはみんな嘘であり、それを嘘と認識したところからドタバタ、スラプスティック、ハチャメチャSFは始まる。／人間は差別が好きで、肉欲に生きていて、嘘をつかねば生きられず、悪いことばかり考える。戦争は大好きである（平和運動は戦争の第一段階だ）。裏切りこそ繁栄につながり、老人を馬鹿にし、早く死ねと思い、不幸なやつがいるために自らは幸福だといって喜ぶのである。／この真実を、今やSF以外の文学は、描こうとしない。否、描けない。自らがそうした虚偽の中にとりこまれてしまっているからだ。ただひとつ、下等にして下品にして半気ちがいで嘘つきと思われていて、そして何ものからも自由な、ドタバタ、スラプスティック、ハチャメチャSFのみが、この真実を描き得るのである》

この文章を読むたびに、私は実に愉快な解放された気分になるのだが、世の中にはこういう毒のあるユーモアをまるで受けつけないタイプの人たちもいる。この点、筒井文学に関しては、熱烈な支持派と断固たる嫌悪派のふたつしかなく、中間派はほとんど存在しないといってもいいように思われる。嫌悪派にいわせると、筒井氏の描く人間はあさましい限りで、実に身も蓋《ふた》もない、ということになる。だが、いうまでもないことだが、あさましく身も蓋もない冷厳な現実から出発しない限り、文学も思想も脆弱《ぜいじゃく》なものだし、本当に奇想天外な飛躍もできはしない。

この本におさめられた七編の短編は、いずれも筒井式「真実の文学」の典型といっていい。ことに『日本以外全部沈没』（一九七三年）は、筒井氏らしい奇想と体質が如実にうかがわれる好編で、小松左京氏の『日本沈没』のパロディでありながら、これはもう、筒井康隆の世界以外の何ものでもない。何よりも、世界中で日本以外はすべて沈没し、世界中の指導者、有名人が、生きのびるために日本人の足もとにひれ伏すという発想がすごい。筒井式弱い者いじめのおかしさに私たちは笑いころげるが、同時に、これを笑う私たち自身のうちに抜きがたくある欧米人コンプレックスが、作者によって痛烈に風刺されていることにも気づかされる。

『村井長庵』（一九七三年）は、筒井氏好みの悪漢《ピカロ》の水際立った悪役ぶりが楽しめる。ほぼ同じ時期に発表され、同じような悪漢を主人公にした井上ひさし氏の戯曲『藪原検校』（一九七三年）と読み比べることによって、同じ喜劇の作家でありながら、この二人の世界の違いを考えてみるのも、おもしろい。

表題作『農協月へ行く』（一九七三年）も秀作である。あさましさの権化《ごんげ》ともいうべき成金の農民たちが、滑稽にして痛快な悪漢《ピカロ》として活躍し、ついには月面で、人類初の異星人との最初の接触《ファースト・コンタクト》に成功するという奇想天外な物語で、末尾の一行の落ちも効《き》いている。

『信仰性遅感症』（一九七三年）は、カトリックの禁欲的な女性教師のうちで、おれが爆発的に目ざめるという、いかにも筒井氏好みの趣向《い》だが、これを冷感症ならぬ「遅感症」としたひねりが卓抜である。

ところで、こうした筒井式「真実の文学」が、人間と世界に関するすべての真実を包含しようとするものではないことも、いい忘れてはならないだろう。筒井氏の「真実」は、おそろしいまでの抑制と限定から生み出されている。

たとえば、筒井氏の作品においては、愛や豊饒《ほうじょう》さや聖性といった要素、悲劇につながるあらゆるものは、いつもきわめて注意深く排除されている。生成、成長のベクトルがとりはずされている。人間と人間を結びつける絆《きずな》は意識的に切断され、すべての人間は自己保存の本能だけをふんだんにかかえて孤独である。疎外は、ここでは、永遠にいやされることのない人間の冷厳な常態である。

　エリザベス・シューエルが、ノンセンス文学を定義してのべたことば（『ノンセンス詩人としてのキャロルとエリオット』）を援用するなら、筒井氏の文学にとって、「綜合を求める傾向はすべてタブー」であり、「論理的で反詩的」な氏の作品は、おそるべき「禁欲」、つまり「限定と不毛」の上に成立している。いいかえるなら、「厳重なルール」を堅持することによって、はじめて筒井文学は成立する。

　氏の「禁欲」ぶりをうかがう例をひとつ引こう。『国境線は遠かった』（一九六九年）の終局に近い一節である。

　「これはどたばただ、と、おれは思った。この空虚などたばたの行きつく果てに何が待っているのか、いや、いや、そう考えてはいけない。その考えかたはもっとも安易な理想主義だ。空虚などたばたの果てに何もある筈がないのだ。そして、それが事実なのだ。何もないからといってどたばたから眼をそむけるべきか、不愉快そうに顔をそらすべきか、否、……（中略）眼をそむけてはいけない、眼をそむけてはいけない……」（傍点＝引用者）

　ここで、筒井氏は明らかに、何ごとかを語り出そうとした。「空虚などたばたの行きつく果てに待」つものについて、内面から語り出そうとした。だが、その瞬間に、氏の口を封じ、たちまち、「いや、いや、そう考えてはいけない」と書かせたものは、氏のなかにある「厳重なルール」意識である。もし氏が、こうした問いに対して内面的な真実、いわば深層の真実で語り出したとき、完璧なまでに表層の真実でおおいつくすことによって成り立っている筒井氏の文学は、ルールが乱れた遊戯同様、たちまち崩壊してしまうにちがいないからである。慧眼《けいがん》な筒井氏は、それをあまりにもよく知っている。

しかし、だからといって、この限定つきの「真実」のために、筒井氏の文学の狭さを問題にするのは当たっていない。それどころか、断固たる「限定と不毛」の視点を選ぶことによって、世界は異様に鋭い驚異の姿で私たちの眼前にひらけてくる。筒井氏の奇想とその攻撃的な小児性によって、世界は残酷に若返る。G・K・チェスタンのいう通り、「芸術は限定」そのものだ。

だが、先きに引用した一節にもどるなら、「そう考えてはいけない」と考えることは、それとは別の方向、つまり「そう考えてもいい」方向の存在を暗示することでもある。作品のなかで厳密に「限定と不毛」を選ぶ筒井氏は、あるいは日常生活においては、逆に、もっともよく「そう考えてもいい」世界に生きている人かもしれない。少なくともエッセイ集『狂気の沙汰も金次第』（一九七三年）などからうかがわれる氏のもうひとつの顔は、氏自身の表現に従えば、「狂気にあこがれている」「常識的な人間」のそれである。

だが、作品の内部に身をおくとき、氏はすさまじいまでの苦業と禁欲の人になる。多くの作家たちと違って、氏は内部の真実に関するすべてのことを抑圧し、ひたすらスラプスティックで狂躁《きょうそう》的な軽みをよそおう。いや、むしろ、筒井氏の作品のただならぬ狂躁ぶりは、深層の真実へのただならぬ抑圧ぶり、その断固たる沈黙に見合っているというべきかもしれない。その点において、奇妙に聞こえるかもしれないが、私には筒井氏の作品は、むしろひどく厳粛な文学に思われるのだ。決して語らないことによって、かえって語らぬものの存在と重要さがおぼろげに察知される。

いや、正確にいえば、筒井氏はそういう世界を決して語らなかったわけではなかった。たとえば、『母子像』（一九六九年）では、氏のきびしい抑圧の壁のなかから、深層の世界がまるで一筋の光のように洩《も》れてくる。主人公の歴史学者の妻と赤ん坊は、ともに永遠に首を失ったまま、ひっそりと薄暗い茶の間で抱きあいながら、生きつづけている。

そんな妻と子をいとおしむ主人公は、一度だけ、闇のなかにつかの間の幻のように浮かびあがる妻子の顔を見る。

「妻は蒼《あお》ざめた顔で眼を閉じていた。そして、おそらく抱きしめているのだろう、赤ん坊の頰に頰を押しあてていた。赤ん坊は眠っていた。その寝顔は可愛かった。まるで名画の中の母子像のように、それは美しかった。私ははげしく胸を打たれた」

簡潔で、さりげない筆致である。だが、このとき、文中の「名画」は、確実に聖画の趣をおびて、私たちに迫ってくる。

農《のう》協《きよう》月《つき》へ行《い》く

筒《つつ》井《い》康《やす》隆《たか》

昭和54年 5月30日　初版発行
平成29年 7月25日　改版初版発行
令和7年 5月10日　改版9版発行

発行者●山下直久

発行●株式会社KADOKAWA
〒102-8177　東京都千代田区富士見2-13-3
電話　0570-002-301（ナビダイヤル）

角川文庫 20472

印刷所●株式会社KADOKAWA
製本所●株式会社KADOKAWA

表紙画●和田三造

●お問い合わせ
https://www.kadokawa.co.jp/（「お問い合わせ」へお進みください）
※内容によっては、お答えできない場合があります。
※サポートは日本国内のみとさせていただきます。
※Japanese text only

ISBN978-4-04-106134-3　C0193

角川文庫発刊に際して

角川源義

第二次世界大戦の敗北は、軍事力の敗北であった以上に、私たちの若い文化力の敗退であった。私たちの文化が戦争に対して如何に無力であり、単なるあだ花に過ぎなかったかを、私たちは身を以て体験し痛感した。西洋近代文化の摂取にとって、明治以後八十年の歳月は決して短かすぎたとは言えない。にもかかわらず、近代文化の伝統を確立し、自由な批判と柔軟な良識に富む文化層として自らを形成することに私たちは失敗して来た。そしてこれは、各層への文化の普及滲透を任務とする出版人の責任でもあった。

一九四五年以来、私たちは再び振出しに戻り、第一歩から踏み出すことを余儀なくされた。これは大きな不幸ではあるが、反面、これまでの混沌・未熟・歪曲の中にあった我が国の文化に秩序と確たる基礎を齎らすためには絶好の機会でもある。角川書店は、このような祖国の文化的危機にあたり、微力をも顧みず再建の礎石たるべき抱負と決意とをもって出発したが、ここに創立以来の念願を果すべく角川文庫を発刊する。これまで刊行されたあらゆる全集叢書文庫類の長所と短所とを検討し、古今東西の不朽の典籍を、良心的編集のもとに、廉価に、そして書架にふさわしい美本として、多くのひとびとに提供しようとする。しかし私たちは徒らに百科全書的な知識のジレッタントを作ることを目的とせず、あくまで祖国の文化に秩序と再建への道を示し、この文庫を角川書店の栄ある事業として、今後永久に継続発展せしめ、学芸と教養との殿堂として大成せんことを期したい。多くの読書子の愛情ある忠言と支持とによって、この希望と抱負とを完遂せしめられんことを願う。

一九四九年五月三日

角川文庫ベストセラー

ビアンカ・オーバースタディ　筒井康隆

ウニの生殖の研究をする超絶美少女・ビアンカ北町。彼女の放課後《オーバースタディ》は、ちょっと危険な生物学の実験研究にのめりこむ、生物研究部員。そんな彼女の前に突然、「未来人」が現れて——！

にぎやかな未来　筒井康隆

「超能力」「星は生きている」「最終兵器の漂流」「怪物たちの夜」「007入社す」「コドモのカミサマ」「無人警察」「にぎやかな未来」など、全41篇の名ショートショートを収録。

偽文士日碌　筒井康隆

後期高齢者にしてライトノベル執筆。芸人とのテレビ番組収録、ジャズライヴとSF読書、美食、文学賞選考の内幕、アキバでのサイン会。リアルなのにマジカル、何気ない一コマさえも超作家的な人気ブログ日記。

きみが住む星　池澤夏樹　写真／エルンスト・ハース

成層圏の空を見たとき、ぼくはこの星が好きだと思った。ここがきみが住む星だから。他の星にはきみがいない。鮮やかな異国の風景、出逢った愉快な人々、恋人に伝えたい想いを、絵はがきの形で。

キップをなくして　池澤夏樹

駅から出ようとしたイタルは、キップがないことに気が付いた。キップがない！「キップをなくしたら、駅から出られないんだよ」。女の子に連れられて、東京駅の地下で暮らすことになったイタルは。

角川文庫ベストセラー

星に降る雪　池澤夏樹男は雪山に暮らし、地下の天文台から星を見ている。死んだ親友の恋人は訊ねる、何を待っているのか、と。岐阜、クレタ。「向こう側」に憑かれた2人の男。生と死のはざま、超越体験を巡る2つの物語。

言葉の流星群　池澤夏樹残された膨大なテクストを丁寧に、透徹した目で読み進むうちに見えてくる賢治の生の姿。突然のヨーロッパ志向、仏教的な自己犠牲など、わかりにくいとされる賢治の詩を、詩人の目で読み解く。

アトミック・ボックス　池澤夏樹父の死と同時に現れた公安。父からあるものを託された美汐は、殺人容疑で指名手配される。張り巡らされた国家権力の監視網、命懸けのチェイス。美汐は父が参加した国家プロジェクトの核心に迫るが。

グランド・ミステリー　奥泉光昭和16年12月、真珠湾攻撃の直後、空母「蒼龍」に着艦したパイロット榊原大尉が不可解な死を遂げた。彼の友人である加多瀬大尉は、未亡人となった志津子の依頼を受け、事件の真相を追い始めるが——。

ユージニア　恩田陸あの夏、白い百日紅の記憶。死の使いは、静かに街を滅ぼした。旧家で起きた、大量毒殺事件。未解決となったあの事件、真相はいったいどこにあったのだろうか。数々の証言で浮かび上がる、犯人の像は——。

角川文庫ベストセラー